水磨秋色

杨元攀 著

海峡出版发行集团 | 海峡文艺出版社
THE STRAITS PUBLISHING & DISTRIBUTING GROUP | Haixia Literature & Art Publishing House

图书在版编目(CIP)数据

水磨秋色/杨元攀著. －福州:海峡文艺出版社,
2020.4(2024.3 重印)
ISBN 978-7-5550-2204-6

Ⅰ.①水… Ⅱ.①杨… Ⅲ.①散文集－中国－当
代 Ⅳ.①I267

中国版本图书馆 CIP 数据核字(2020)第 040064 号

水磨秋色

	杨元攀　著
出 版 人	林　滨
责任编辑	林可莘
出版发行	海峡文艺出版社
经　　销	福建新华发行(集团)有限责任公司
社　　址	福州市东水路 76 号 14 层
发 行 部	0591－87536797
印　　刷	三河市兴博印务有限公司
厂　　址	河北省廊坊市三河市杨庄镇大窝头村西
开　　本	700 毫米×1000 毫米　1/16
字　　数	120 千字
印　　张	14.75
版　　次	2020 年 4 月第 1 版
印　　次	2024 年 3 月第 2 次印刷
书　　号	ISBN 978-7-5550-2204-6
定　　价	88.00 元

如发现印装质量问题,请寄承印厂调换

阳光书写的清新

朱寿桐

　　青年作家杨元攀来自仙游，是我有幸到过、也特别有一种亲切感的地界。这地方从地名看就充满神奇的意味，那里有神秘莫测的九鲤升天的仙话，有引人入胜的白蛇过路的传说。这地方地处闽南，濒临南海，与濒临黄海的我的故乡相隔甚远，民俗殊异，但许多因素都让我联想到我的家乡，因而很能唤起我的某种亲切感。比方说，这白蛇过路的传说，我总觉得是白娘子的故事与梁祝故事的合成品，而后两个故事就似乎发生在我家乡的周边。此地旧名兴化，我家乡紧邻的县治也叫兴化，现在还这样叫，今虽属于泰州市，但是我名副其实的"隔壁村"，因为我的祖母娘家就是兴化县的，那儿也就成了我少年时候常去的地方。祖母姓束，"天"字辈，辈分高得不行，我每次到兴化祖母娘家的村庄，就因为祖母辈分奇高的缘故也会被当

地许多人称为小爷，常能享受《社戏》中的鲁迅在安桥头享受的特别待遇，感觉尊贵而温馨。紧邻家乡的兴化与这仙游的兴化同样是一个充满传奇的老地方，乌金荡里充满神话意味的传说也车载斗量。

不过杨元攀这次奉献的散文集《水磨秋色》，显然并不想从仙游圣地的传说或兴化故地的传奇展开述说。他更愿意叙写现代生活的家长里短，远村八乡的风土人情，吹拉弹唱的俚俗风貌，柴米油盐的底气幽趣，物是人非的长吁短叹，世道变迁的快慰警示，捎带着一些异域风情的灵动速写，体现出作者现实关注的热忱，人生体验的认真，呈现出一种后现代社会倍感难得的现实艺术风采。

以日常的琐碎和人生的细微展开叙事，这是后现代文学的惯常笔法，即便是散文也不例外。但杨元攀现实关怀的诚挚与真朴超越了后现代的趣味，他绝对摈弃了反讽与戏谑，以青年作家罕见的热忱和积极拥抱人生潮汛的每一朵浪花，品鉴社会之株的每一片枝叶，其生活态度的积极向上令人感佩。他总是善于从日常生活的琐屑发掘真与美的沉淀，《红衣女孩》记叙一个善良的女孩在雨中给陌生人共享雨伞的事迹，《六元钱》摹写一个诚实的女孩只接受有限的帮助的故事，应该是他切身的体验，而《有一种爱叫感恩》所写的则是听来的或采集来的故事。这些故事以及故事中各种各样可爱可敬的人们，他们的善行与笑靥散逸在普通生活的边边角角，然而却是那样风采迷人，充满春雨的温润和阳光的和暖。正像作者在《红衣女孩》结尾写到的："生活中有阳光，有风雨，阳光时可以分享喜悦，那风雨时，谁会是那个愿意为你撑伞的人呢？这五年里，每当雨天，我都会想起曾经给我撑伞的女孩，虽然自那以后再未谋面，但她的微笑和善良给了我最深的回忆，在那个冬天给了我最温暖的力量。"对生活中邂逅的种种事物能够如此感动，并在感动之余催发出如此充满阳光的议论，足见作者在这个后现代社会中有着如何积极如何阳光的心态。

带着这样的心态，作者对生活中难免遇见的种种令人遗憾甚至令人愤慨的现象也有所揭示，但揭示之余很难见到愤世嫉俗的诅咒或者是阴鸷冷酷的绝望，而往往是转向宽容的谅解和亮色的期待。他在几篇散文中批评了仙游地区一些人做红木生意追逐暴利的种种行径，但同时又以同情的笔调和理解的态度写他们的无奈以及教训深痛的败北，回归的依然是人情的温馨。《你在闹，我在笑》一开始叙述医院中的种种不如人意的现象。但作者并不甘心将生活的冷色调如此冷凛地描摹下去，他需要热情，需要温情，需要阳光，就像生活中的他需要情结的空气与阳光一样，

于是他仍然潜下心来，在这种不协调的气氛中寻找爱心并发现亮点，以致终于能让他在文末卒章显志地发出了依然充满阳光的议论："爱情、亲情、友情，在一个狭小的病房，汇聚一股暖流，注入肌体，去除病根。人间最纯的真爱，让原本冰冷的病房，充满暖意！"

作者所写的人物没有神话、仙话、传说和传奇中的那样炫奇耀异，都是极普通极素常甚至极凡俗的片段；作者所写的故事没有浪漫主义的奇卓和现代主义的深秘以及后现代主义的诡异，都像是每天会遇到的身边事情或听到的耳边传言。但是，用充满阳光的心态去描写这一切，用真诚和良善的情怀去拥抱这一切，体现着一种久违了的叙事风格，这在今天的语境下难能可贵。我们的文学固然需要深刻的批判传统，需要犀利的反思精神，需要尖锐的讽刺力量，这样能够"撄人心"，刺世界，醒社会，促进生活的向上。但同时也需要怡人的景色，温润的春雨，和煦的阳光，用以抚慰焦虑的心灵，用以润泽枯燥的人生，用以激发向上的力量。于是，像《水磨秋色》这样热写生活，这样轻咏人生，这样用温煦的阳光和春风般的暖意去映照生命中的灿烂，或去研磨人生中略显晦暗的秋色，是值得阅读并珍视的。有阳光的地方并不怕人生的秋色，这部散文进得了每一个洒满阳光的教室和青年人的书房。

何况这部散文充满着小说意味的故事性。作者是一个说故事的能手，即便是写散文也能看出他刻画人物，绘写情境，描摹细节所显示的小说家所有的才情。事实上，他的散文常带有小说的笔致和韵味，《村里的单身汉》一篇他这样开头："他说他有女朋友了，可是村里人总是断定他在'吹牛'。事实也是如此，今年，他都 45 岁了，依然单身。"这样的开头是典型的小说风的开门叙事。

且看他的《那个趴下的碗》，描写仙游乡下一个叫卓林的地方，"成片的梯田尽收眼帘，一座座古厝，点缀在青山绿水间。挺拔的'夫妻杉'、百年桂花树、屋后的紫薇花，让卓林显得古朴而不失浪漫"。那景致确实被描画得活趣、生动："驻足远眺，几只白鹭站在水牛的背上，牛动，白鹭不动；白鹭展翅翱翔，牛却依然低头觅食。"物象气蕴相得益彰，生动"景语""情语"相映生辉。他刻绘农家生活，细节处理很有一番水磨工夫："傍晚，路过耿大姐家，她正与三个小孩，并排坐着，端着碗，在门口吃饭。耿大姐碗里的辣椒粒格外显眼。面对陌生人来访，孩子们不觉得紧张，而是不停地往嘴里扒饭，小儿子脸颊沾上米粒。"宛如一个擅长写真的小说家，活灵活现地描写出生活的精细、委婉与生趣盎然。

这说明杨元攀是能够写小说的作家，很期待看到他的

小说。当然期待他的小说不仅有普照的阳光，还有如晦的风雨；不仅有秋色的清新，还有岁月的庄严和生命的凛然。杨元攀还年轻，写作的路还很长，于是，我们可以对他有更多的期盼。阳光书写在今天的语境下非常难得，也非常需要，但并不是一个青年作家所借此满足的文学制高点。阳光写作如何能与深刻的人生思考，充满惑动力的启发性和具有警策力度的讽喻，这些优秀的文学品质结合起来，这是杨元攀以及不少青年作家应该勇敢面对并深长思之的理论与实践问题。

是为序。

（作者历任南京大学中文系教授、澳门大学中文系主任、博士生导师）

目录

桥上桥下 ▌

　　初春的天空，湛蓝通透，独自一人，沿着村前的小溪漫步。远远望去，水面碧波粼粼，白鹭时而在空中翱翔，时而矗立枝头，两岸成排的浓荫倒映在水中，犹如一幅水彩画，不由得想起了几天前刚听到的一句用莆田方言编成的顺口溜："北京天津不如象山溪边。"

　　行至小溪下游时，见一渔夫踏着鱼排在收网。由于当下不是汛期，加上长年建筑垃圾肆意堆积，导致溪床抬高，溪面已变得十分狭窄。此前，打算向渔夫买点天然鱼货，于是我走下护堤，踩着泥沙，来到小溪中央。

　　渔夫姓方，今年66岁。他说他从16岁开始捕鱼，一辈子与水打交道，踏遍了沙县、尤溪的各条河流，

水 磨秋色

2

而最为熟悉的莫过于村前的这条小溪了。

老方把撑杆横放在鱼排上，从溪里捞起渔网，并不停地抖一抖渔网上的泥沙。老方说当天早上已经收了两张网，而且是春节前撒的网，没想到捞起来，才收获了两条泥鳅。"我刚开始捕鱼的时候，一天能抓一百多斤鱼，日子还过得去，现在别指望了。""你抓的鱼都拿来卖吗？"老方一边低头收网，一边接话："不想卖，拿回去给孩子们吃，一切不都为了孩子？"紧接着，他又在念叨："现在人真奇怪，溪鱼越贵，越有人买，便宜的反而没人要，只可惜溪鱼越来越少了。"

老方的一席话，让一幕幕儿时的场景在我脑中清晰地重现。记得小时候，常常和小伙伴来到溪里，卷起裤腿，踩进浅溪，用手便能捉到一些小鱼，然后用水瓶装起来，看着小鱼一天天长大，那么开心，那么纯粹。

每到夏天，脱去衣服，徜徉在溪里，享受一次鱼疗，实乃"透心凉"。后来，上游的房子越建越高，工厂越建越大，溪水变得不再清澈，而我们也不再捉鱼了，再也没有认认真真地欣赏村前的这条小溪了。常常在

想为何每当东西变得越来越少时，反而越觉得珍贵。或许令我们怀念的不仅仅是鱼，或许是捕鱼时的快乐，亦或许是一起相处的时光。

正当我准备离开小溪时，我问老方为何小溪里的鱼越来越少，老方说下游有一个坝被冲毁了，鱼像人一样，要有个窝，要有个家，窝没了何处是归宿？

去年，村里扩宽了水泥村道，安装了路灯。走在桥上，来来往往的车辆从身旁穿梭，似乎心中的疑问依然没有解开。桥上的路越来越宽，桥下的溪越来越小。

故乡的两棵树 █

　　昨天，一个邻居手提一袋东西，迎面走来，我是未见其果已闻其香，这就是记忆中的味道，这也是难以拒绝的味道——野生番石榴。她塞给了我两粒番石榴，我迅速掰开，红心果肉尽现眼前，阵阵香气扑鼻而来，四溢满屋，还是熟悉的那种香甜，从未改变。

　　番石榴是 17 世纪从南美洲传入中国，野生的番石榴要比超市卖的品种，个头更小，更加香甜。我"吞"了两粒之后，深感意犹未尽。村里的长辈告诉我说，在山上还有一棵番石榴树，可以到那去找找看。

　　顺着长辈指的方向，经过一片果园。一棵棵龙眼树硕果累累，沉甸甸的龙眼果子把枝头压得都"抬不起头"，而要是在以往，这个时候的龙眼早已颗粒归仓，

水 磨秋色

6

整个树帽就像掉了头发的老头那样稀疏。

在村里每家每户根据家里人口数量，都会分到大小不等的龙眼树。树龄更长，树冠也会更大，果肉更甜更脆。长出来的果子可以拿到市场上销售，也可以拿来制成龙眼干。在以前一棵龙眼树可以给村民带来几百元的收入，这对靠务农为生的村民来说，无疑是一笔不小的收入，也是投入产出比最优的投资。因此村民们总会给龙眼树最优质的待遇，会像照顾自己的孩子一样呵护它茁壮成长，打药、施肥、嫁接、除草、浇水……因为他们深知，只要用心培育好，他们的付出总有一天都会得到回报。

每当秋风起，满山瓜果飘香。这时候的龙眼果肉饱满，甜度最佳。站在龙眼树下，头还会碰到龙眼果子，只要一抬头，张开嘴，果子就会掉进嘴里，所以只要在果园里转一圈，就能让你体会"扶墙进来，扶墙出去"的饱食感。不过那时的龙眼价格很高，大家都舍不得吃。只要遇到台风天，小孩子们都会成群地在龙眼树下捡龙眼，因为在孩子眼里不算盗窃，那是天上掉下来的，只是被他们幸运地捡到了。所以在树下，那时孩子们心中最渴望的事就是能被掉下来的龙眼砸到，砸得越

疼越好，因为越疼意味着果子越大，越能卖出好价钱。为了挣点零花钱，望着抱在手中的龙眼，垂涎欲滴，只有碰到有开裂的龙眼，才会拨开，偷尝一粒。而农户们最高兴的是，不用费心除草，因为地面的杂草已经被孩子们踏平了。

据村里人回忆，以前后山有一片番石榴树，不过它就像被丢弃的孩子一样，无人照看，任它自生自灭。因为在当时龙眼一斤可以卖 3 元钱，而番石榴一斤只能卖 3 分钱。不久，整片的番石榴树都被砍光，当柴火烧。

时过境迁，村里人有了更好的收入来源，已经无暇顾及龙眼了。不再是以前那般细心，每年只是到收成的季节，才会抽空去看看今年是否长了果子，如果没有长出果子，立马转身就走，等着来年再来瞧瞧。对于龙眼，市场量多，因大家顾虑糖分太高，不宜多吃，所以价格也不如前了，一斤也才卖 1.5 元。而现在市场没有销售野生的番石榴，有钱都买不到。大家太久没吃上这种番石榴，反而开始惦念了。龙眼与番石榴在大家心中的地位变化，印证了一句话："三十年河东，三十年河西。"

穿过龙眼树林，望见一片翠绿，朵朵黄花点缀其中，犹如繁星点点，同时弥漫着番石榴的阵阵香气，令人心旷神怡。经过仔细辨别，发现那棵番石榴树被枯藤和荒草缠绕，就像披了一层迷彩绿，隐藏其中，不易被察觉，一不留神，就会忽视它的存在。但是番石榴的魅力依然不可阻挡，除了吸引采摘者外，还引来了飞鸟，只见一颗熟透的番石榴被鸟啄食半颗，半颗还挂在枝上。我欲折断树枝，可是我用了"洪荒之力"，360度旋转，依然折不断，这就是番石榴的韧性，虽然它终年与荒草为伴，与草虫共眠。

同处一片山，同饮一口水，出身的不同，决定了各自的命运。然而"芝兰生于深林，不以无人而不芳"，越挫败越坚韧，越动荡越勇敢。任凭风吹雨打，天寒地冻，每年的这个时候番石榴都会结出果子，准时前来报到，仿佛在向大家诉说："你见，或者不见，我就在那里。"

我迫不及待地掰开一颗红心番石榴，顿时，香飘满园，胜过花香。

▊枇杷熟了

　　早上，路过三角井市场，拐到一个水果摊。我上前询问老板娘，枇杷产地来自哪里。之所以这样问，是因为每年的这个时候是枇杷集中上市季节。同样的枇杷品种，因产地不同，口感也不尽相同。

　　买枇杷，往往不能"以貌取人"，不能光看外表，好看不一定好吃。样貌好看的，吃起来反而太酸，难以入口。果皮带点斑点，反而口感俱佳。然而，往往我们每一次选择，都会先被表象所蒙蔽，其实我们需要的是真实的甜蜜，而不是靓丽的外表。

　　仙游书峰枇杷因果甜、汁多，深受大家认可。正巧，就在几天前，听到一种说法——好吃多为心善之人，于是更加坚定了我的决心，只买对的，不买贵的。

老板一边整理果篮，一边接话："枇杷是仙游的，非常甜，真的是甜过初恋。"因为，常在这个水果摊买水果，虽然价格会比其他水果店略贵，但品质较好。于是，我就打趣道："你现在还有初恋吗？"她马上回应："不信，你尝尝。"随后，她转身拆开一个礼盒，随手取出一颗枇杷，塞给我。

枇杷有时剥了好久，剥得还不干净，而且坑坑洼洼的。其实剥枇杷也是有窍门的。最好要用筷子或汤匙或拿一根牙签，整个枇杷刮一遍，使果肉分离，这样剥起来既快又完整。当场尝了一颗，觉得确实挺甜的，就向老板要了一箱。

正当准备离开，无意中看到老板从果篮里拿出一颗枇杷，放在之前已拆开的礼盒里。我称赞她做生意不会短斤少两。老板即刻回话："少了一颗枇杷就少了一批客户。"

一手提着枇杷，一边走在路上，蒙蒙细雨中，回想起曾经一次吃枇杷的情景。

有一次，回老家，与邻居阿婆坐在村口闲聊。因为每次出差外地，总会带点特产回去，也总少不了给邻居尝尝。因此在她眼里远亲不如近邻。"有的东西，

村里有钱人都吃不到，她都尝到了。"

　　屋檐上的翠莺发出阵阵鸣叫，小黄狗匍匐地上，慵懒地晒着太阳，成群的小鸡低头觅食。这时，有个村里人，挑着枇杷经过村口。阿婆说，今天她要请我吃枇杷。邻居阿婆种田为生，平时粗茶淡饭，省吃俭用。平时买菜都是到超市购买促销的剩菜。买枇杷对她来说绝对是一件很奢侈的事。我借故婉拒。她坚决不答应。

　　眼看我扭不过她，我说那好今天你请我吃枇杷。于是她从腰间摸出一捆塑料袋，小心翼翼地翻了又翻，里里外外裹得严严实实，掏到里层，隐约露出几张一元的钱币。

　　买完枇杷，阿婆挑了几颗果大的枇杷塞给我。我说我尝一粒便可，你自己多吃点，实在吃不完，留给孙子吃。阿婆态度坚决，决意让我多吃。

　　眼看盛情难拒，我故意把枇杷剥得慢一点，吃得慢一点，聊得多一点。吃着吃着，阿婆突然冒出一句话："希望我们下辈子继续成为邻居。"我说："一定！"之后，阿婆笑了，笑得很开心。

　　我们都觉得今年的枇杷真甜！

那个趴下的碗

被卓林吸引，是因为看到了安然在朋友圈所分享的"牛图"。几只白鹭伫立在梯田的牛背上。心想，在仙游的深山，还能有如此"网红级"景色。于是，忍不住邀上几个同学，与安然相约，一同前往她的老家——卓林村。

从仙游县城出发，经过近两个小时的颠簸，终于到达社硎乡卓林村。途中，安然介绍，以前进城，得先步行一个小时到隔壁的西苑乡乘车，再经过两个多小时的车程，才能到达县城，如今交通已大为改善。以致她调侃说，当年，能活下来，都算是命大的。

或许，因为远处深山，加上交通不便，也得以让卓林的所有的一切不被惊扰。漫步卓林，成片的梯田

尽收眼帘，一座座古厝，点缀在青山绿水间。挺拔的"夫妻杉"、百年桂花树、屋后的紫薇花，让卓林显得古朴而不失浪漫。

处处皆景，移步换景。在卓林，我惊喜地看到了安然朋友圈所发的"牛图"。驻足远眺，几只白鹭站在水牛的背上，牛动，白鹭不动；白鹭展翅翱翔，牛却依然低头觅食。白鹭为何选择水牛，水牛为何情愿让白鹭停留。天与地，动与静，两个世界，二者从不交流，却又如此依恋。也许，牛背上的印记，是给予彼此最好的回答。

在安然带领下，重走她当年求学路。虽然从家里到学校只有十分钟的路程，却要经历爬坡、石阶、小桥、田埂，狭窄处，仅够一人通过。安然曾经的求学路，何尝不是每个人的成长路？安然说曾经难走的路，现在成了眼中的风景。不由得想起了一句话："童年的雨天最泥泞，却是记忆里最干净的曾经。"

安然的婆家也在卓林，如今只有她婆婆一个人在家里。之前，她也把婆婆接到城里来住，后来，婆婆自己一个人偷跑回村里。她婆婆说在城里生活浑身不自在，身子毛病频出，一回到村里"满血复活"。安然推测婆婆始终坚持要回乡，是因为山里有熟悉的环境，还有那割舍不断的记忆。安然的公公前几年离世，她注意到了一个细节，每当吃饭时，她婆婆会拿一个碗和一双筷子，倒趴在饭桌上。她懂得婆婆的用意，但从未指明。

考虑到婆婆一人在山里生活不便，于是每次回老家，安然都会挑适合婆婆口味的食材，但她婆婆舍不得煮，都悄悄地储藏起来。"有时候一块豆腐会吃两天，但我们买的东西，她又舍不得吃。"此次，见到安然又带东西，婆婆不停责斥安然，下次回来，不准

再带了，楼上已装满满的一缸。安然随口答应。婆婆
的日常，除了打理一些菜地外，就是照料好自己养的
几只母鸡。在老宅的门口，她专门搭起一个简易棚子，
让母鸡们"休闲娱乐"，而在屋檐下，精心建起了一
个鸡窝，让母鸡得以栖居。

　　生活条件舒适，以致让母鸡也得以"高产"，离
开时，婆婆又让安然带回用蛋夹装好的鸡蛋。一个蛋夹，
能装数十枚。望着蛋夹，心中萌生几多感叹。无须翻
日历，蛋装满时，便是孩子归来时，蛋与蛋之间的距离，
记录着深山老母亲对游子的牵系长度。

　　离开安然婆家时，安然特地叫婆婆留意饭桌上她
所留的"东西"。而她婆婆不停地叮嘱："下次不要
带东西了！"听那语气，能深切感受到她们是婆媳关系，
但又情同姐妹。

　　傍晚，路过耿大姐家，她正与三个小孩，并排坐
着，端着碗，在门口吃饭。耿大姐碗里的辣椒粒格外
显眼。面对陌生人来访，孩子们不觉得紧张，而是不
停地往嘴里扒饭，小儿子脸颊沾上米粒。

　　耿大姐祖籍贵州，嫁到卓林已有二十多年了，她
说她自己还是喜欢吃辣，但几个孩子不喜欢吃辣。孩

子们都在县城上学，暑假是特地回山里避暑。即使在夏天，也不用开空调，空气清新，孩子们也乐意待在老家。不经意间发现，在耿大姐的屋后有一棵数百年的水杉，水杉的顶部寄生了一棵小树，满眼葱翠，升起的炊烟，弥漫其间。

　　天色暗下，我们乘车返程。驶离村口途中，不时地遇到牛群横梗路中，同学打趣道，这些牛群才是真正"牛逼"。

　　村里人介绍，卓林一千多人，大多数人出去闯荡谋生，留在村里只有百来口人。有的村民，年初时，把一头牛放养出去，年底回来便有成群的牛。虽然无人放养，但那些牛，从不忘记回家的时间和那条回家的路。

█ 地 瓜

"奶奶，奶奶"，一声巨响之后，7 岁的小女孩，哭着从屋子里跑出来。奶奶以为是液化气爆炸，于是就急忙冲到屋里，发现高压锅倒扣在地上，锅盖则在桌子底下，墙壁、地板、天花板都沾满了地瓜。原来奶奶蒸地瓜，小女孩未等高压锅排气完，迫不及待地打开，锅里压力太大，导致锅盖弹起，由此地瓜溅了满屋。

如今，20 年已过，小女孩已经成了妈妈，而奶奶也离开人世十几年，然而这一幕不时地在脑海重现，不知是因地瓜记住了她们，还是因她们记住了地瓜。

相对于甘蔗、水稻，我更喜欢地瓜。因为甘蔗和水稻的叶子容易伤人，不注意防护，会把手臂划出一道道伤痕。而地瓜的叶子不仅可以当蔬菜吃，和小朋友们捉迷藏的时候，可以躲在长势茂盛的地瓜叶里，仰望星空，听着阵阵蝉鸣，欢笑声弥漫整片山野。

待地瓜可以收成时，挖地瓜是一件非常美妙的事。因为地瓜深藏地里，你始终不知道它的真面目，用锄头每挖一处，都有不同惊喜，地瓜有大有小，有短有长，偶尔还有奇异造型。无论如何，只要你肯挖，都会有收获，只要你肯付出，都会有甜蜜的回报。

村里人最爱把地瓜与芋头一起蒸，一黑一白，一甜一淡，既富含营养又能助消化。然而，因为它们的长相，总是与贬义联系在一起。在村里，形容女孩子外貌不好看，都会说长得"像地瓜也像芋头"。一个同学曾经告诉我一件事，她教的一个学生，提着一袋地瓜送给她，但是被她婉拒，小学生腼腆地说："我妈妈说了反正家里吃不完，也是拿来喂猪的，还是分你一起吃。"同学哭笑不得。

现在生活水平提高了，地瓜渐渐淡出餐桌，但是却让人十分回味。一个朋友准备乘车到任新工作岗位，他的父亲从大老远追着过来，从车窗塞了一袋东西给他，朋友摸了摸，觉得硬实。到了单位之后，打开一

看是一袋地瓜，于是就打电话给老父亲："我以为你给我的是鸡蛋，怎么会是地瓜。"老父亲回答说："我送你地瓜，是提醒你不要忘本，你是农民的儿子，以后要关心农村，关注农民。"多年来，朋友始终牢记父亲的嘱托，并努力践行着。

昨天，老妈从田里挖了几颗地瓜，突然萌生几多感慨：

它未曾见过阳光

它未曾拥有过你的亲吻

一滴滴汗水

洒满干涸的大地

最先感知你心中的渴望

一天天长大

变形的身躯

没有骄傲的容颜

烤焦的外皮

裹着一颗火热的红心

陪伴你度过最冷的冬天

麻█

不久前，在江西分宜县看到麻。见多了山山水水，突然见到麻，深感亲切。就在几个月之前，老妈不知从哪个角落里，取出一捆麻线，说是留给我们当"传家宝"。在日常生活中，人们追求的是"锦衣玉食"而不是"粗衣麻布"，但我深知这个"传家宝"不在于麻线的价值，而在于它赋予了浓浓的亲情、乡情和一代人的记忆。我如获至宝。

走在街头，可以看到各种各样用麻制作的衣服，据说上等的棉麻衣服一套也要一万元以上。都说"朽木不可雕"，然而"朽木"在大师手里，也能成为一件创意十足的艺术

精品。麻不正如此吗？

由于当时已过收割季节，看不到成片的麻地，不过依然不由得想起小时候村里的那片麻地。对我们来说，那像个游乐场，捉迷藏、做游戏，笑声、叫喊声此起彼伏。如今已回想不起，那片麻地是属于哪户人家的，但依然忘记不了那片麻地给我们带来的欢乐。

印象中，村民们都是把麻编织成粗绳，拿来捆柴火，绑稻谷，甚至抬棺材也是用麻绳。后来，村民陆续外出闯荡，再没有人去照顾那片麻地，任凭麻地干涸枯萎。不知是麻丢弃了我们，还是我们丢弃了麻，自此，麻渐渐走出了我们的记忆。

直到今天，让我重新遇见了它，依然是原来的模样，锯不断，扯不开，富有韧劲和张力。

终于明白，麻，从未枯萎。一直默默承载着最重的那一份。

戴口罩的洗脚妹

几天前，我来到一个疗养院做颈椎护理。推门进来的是一个戴着口罩的女技师。她看了我的手牌，之后让我趴在躺椅上，开始按摩。我明显地感觉到她手上已经长出茧。看来她从事这行时间已经不短了。

在交谈中得知她来自吉林辽源，早年父母离异，父亲已另外组建家庭，她与弟弟跟随母亲。虽然少了父爱滋养，但毕竟还能得到母亲的呵护。后来母亲改嫁，生了个儿子。她和弟弟开始滑向生活的边缘。一边是父亲的冷漠，一边是母亲无力兼顾。姐弟俩只好相依为命。渐渐懂事的她开始承担起既当爹又当娘的重任。

在老乡的介绍下，来到福建，进入疗养院上班。一个月也有数千元的收入。不久，她弟弟与一个同乡

女孩谈恋爱，但女方家人反对两人在一起，理由是男方没有房子。姐弟俩无依无靠，她不忍心他们被拆散。于是她心中暗自下定决心，无论如何都要为弟弟买一套房。为了能多赚点钱，近几年的春节她都留在福建，即使大年三十晚也在给客人做推拿，每天都工作到深夜三点。"过年那几天，工钱是加倍的。等年过完，再回老家，另外回家也不知道要跟谁吃年夜饭。"

经过几年来的省吃俭用，日夜辛劳，她终于储够了一笔钱，付了房子首付，在城里给弟弟买了一套120平方米的房子，还进行了简易装修，作为弟弟的婚房。"他们结婚那天，我感觉是这辈子最高兴的一天，因为那是全部靠我自己的双手换来的。"结婚后，她把弟弟和弟媳也接到福建，与她在同一个疗养院上班。为他们租了房子，而自己与工友挤在疗养院提供的集体宿舍。

一个小时即将到钟，我随口问她："你这样上班累吗？"她说："平时会碰到一些顾客，一进门要求脱下口罩，要是觉得不满意，还要求临时换技师，那些大部分是二三十岁的年轻人，年纪稍微大一点的都不会看长相，他们更看重技术。"她说今年准备带着

24

弟弟和弟媳回家过春节，也给父亲买了一件一千元的外套。我问："你不恨你的父亲吗？"她即刻答："无论如何他始终是我父亲，而且他已经老了。"语气很坚定。

做完护理，她依然戴着口罩，走了出去，并带上门。我不知道她究竟长什么样，但似乎她的样子是那么清晰。

今天刚好看到一幅书法作品，内容是元代贡性之的一首诗："眼前谁识岁寒交，只有梅花伴寂寥。明月满天天似水，酒醒听彻玉人萧。"就当作此篇的总结吧。

▌麦子的味道

　　昨晚，在福州的一家小吃店点了份 "麦煎"。麦煎是莆田老家的一种小吃，原料是面粉和鸡蛋，再加点糖，在锅里烙上一块，金黄金黄的，类似千层饼。一边慢慢咀嚼盘中的麦煎，一边回想曾经熟悉的味道。

　　上个世纪九十年代，村里人很少外出谋生，还是以种田为主。村口有一大片田地，小溪环绕而过，土壤肥沃。水稻、甘蔗、地瓜、小麦，四季交替，日出日落，这片土地养育了一代又一代人，也给予了一代又一代人希望。

　　令我印象最深刻的是每当农忙时节，这里便是一片"希望的田野"。要是哪家先收成，如果人力不够，邻里就凑过来帮忙，就这样一家帮着一家，不谈报酬。饿了在田埂边啃上一块馒头，渴了就喝口凉茶。收成之后，比一比谁家增产更多，彼此取经，为了来年更大的收获。有时候幸福的定义并不是天天享有美味佳肴，而是站在自己的土地上，亲吻泥土的芬芳，享受丰收的喜悦，纯朴而那么真实。

那时候我还在念小学，没干过多少农活，但我却喜欢小麦收割的季节。因为小麦收割的时候，对小孩子来说就像过节一样，馒头、面条、麦煎，每一样都会让人直流口水。有一种等待叫望眼欲穿，此刻那种感觉无比强烈。在村里，要是知道今天谁家收割小麦，便知道晚上会有面条吃，只要有一家煮面条，都会盛好大一碗，有时候还会加几片肉，挨家挨户每家一碗，而自家人往往只剩下面汤，但这已足够。这种状况有时会持续一个星期，虽然每家味道都不一样，但是心里一直感觉热乎乎的。

后来村里人陆续到外地闯荡，赚了钱，回老家盖起了独栋新房，一年碰不上几次面，种地的人更是越来越少了。最近几年开始建起了厂房，小溪断流了，田里的蔬菜因无水灌溉而枯死，那种儿时的

回忆似乎渐行渐远，却又那样让人怀念。

　　吃完麦煎，味道已经不是熟悉的味道，不知是麦子的味道变了，还是自己的生活变了？

红衣女孩

　　最近连绵不断的阴雨天气，让我想起了五年前的那个冬天，想起了那个跟我一起在风雨中等待的红衣女孩。

　　下班了，雨依然淅淅沥沥地下着，透过窗户望去，一个个手持雨伞在湿漉漉的马路中快步地来回穿梭。单位处在市区繁华地段，每天下班的高峰期，道路更像一个停车场。今天，路又是堵的水泄不通，看来还是得挤公交车。

　　虽然单位到对面的公车站台距离不到50米，但是跑到公车站台后，发现全身已经湿了一大半，加上当天气温比较低，感觉冰冷刺骨。根据以往经验，每当这个时候我要等的11路公交车表现得特别"滞后"，再

加上不知为什么今天等车的人比以往要多很多，估计今天的公车肯定很拥挤，此时真想找个避雨的地方，但是环顾四周，都没有找一个可以"依靠"的地方，只能任凭雨滴洒在脸上，衣服也逐渐湿透。1路2路……眼看一辆辆公车从眼前驶过，就是没有看到我等的11路。半个小时过去了，天逐渐暗下来，沿街的路灯也开始亮了，然而大雨丝毫没有停的意思。百无聊赖中向四周扫了一下，似乎只有我一个人没有打伞，大家也用着一种异样的眼光看着我，当时真想冲到跟前，跟他们共用一把伞，不过那时几乎所有的人心里都在等待，等待着他们乘坐的公车。而我在他们眼中仅仅是个擦肩而过的路人，或许在他们眼中根本就没有我的存在。

望着远方的车灯，视线有点模糊，就在这时旁边的一个女孩子突然对我说："过来吧。"当时都忘了说谢谢，心想这女孩真好，就靠了过去。当时我也不敢正面对她，只是偶尔从侧面端量了一下，她身着红色毛衣，手提红色挎包，看起来很得体，眼睛大而有神，由内而外散发着优雅气质，当时的感觉就像卖火柴的小女孩吃上麦当劳一样，那么温暖，又那么珍贵；两人彼此沉默着，空气在凝结，有一股暖流涌上心头，但又不知说些什么，虽然平时靠嘴吃饭，临场反应也不会差，可是不知道为何，当时就是"怯场"。后来还是鼓足勇气说了第一句话："你也在附近上班吗？"她微微地点下头，之后便跟她聊了会儿，原来她也在附近上班，她是在等1路车，当天晚上准备去学校听课。

当时真想路再堵点，车再慢点，因为这样我可以跟她多聊会儿，然而很多事情并不以我们的意志为转移，就像树叶不会因为春天而停止凋落。1路车还是来了，可是她似乎没有想上车的意思，我以为她没看清楚，便提醒了她："你等的车来了。"她摇头抿嘴笑着说："不急。"后来1路车相继经过三辆，她依然没上车。

雨一直下，路上的车也渐渐少了，这时11路与1路车相继到站，相互道别后，我上了11路车，她也走向1路车的方向。

生活中有阳光，有风雨，阳光时可以分享喜悦，那风雨时，谁会是那个愿意为你撑伞的人呢？这五年里，每当雨天，我都会想起曾经给我撑伞的女孩，虽然自那以后再未见面，但她的微笑和善良给了我最深的回忆，在那个冬天给了我最温暖的力量。

▌六元钱

　　这几天，福州的天气格外寒冷，路上来来往往的行人都裹得严严实实，公交车站台上的人们搓搓手跺跺脚等待公交车的到来。

　　今天下午，我在等公交车，这时一位背着书包的女孩喘着气跑过来问我："叔叔，省话剧院怎么走？"随后我就跟她指出了具体方位和所要乘坐的公交车路线。

　　看她紧张的样子，我便问她，要到省话剧院做什么，她说下午一点四十五分要到省话剧院附近的学校参加生物会考。我建议她直接打的，不然时间会来不及。她说身上只带了六块钱，而的士起步价要十元钱。我当时脑子随即浮现出"街头乞讨骗术"的字眼。之后，

她跑去看路线牌。我即刻觉得，她可能是真碰到难题了，我看了下时间，已经下午一点半，如果乘坐公交肯定会错过开考时间，而且不知道那辆公交什么时候能到。于是，我走了过去跟她说，我送她到学校，刚开始她拒绝，接着我告诉她我也是往那方向走，刚好顺路，听完之后她才上了车。

到了学校，我看下时间刚好是一点四十二分。当我叫司机往另一个方向继续行驶时，她让我摇下车窗，随后把钱扔进来，然后冲向校门。

我摊开看，总共六元钱。

有一种爱叫感恩

　　春雨绵绵，空气中弥漫着阵阵芳香，沁人心脾；雨滴从树叶上滑下，落入水中，荡起片片涟漪；枝头上的嫩芽尽情地往外舒展，矫健的身躯点缀着周围的美丽。午后，掬一杯清茶，静静聆听朋友诉说着往事，这个春天甚感温暖。

　　那年冬天，小阿力七岁，念小学一年级。身为班长的他，每次考试成绩都是名列班级第一。但是在经历一次变故后，他的人生发生了巨大转折。

　　有一天，小阿力背起书包，开门准备去上学，就在跨出门槛的瞬间，小阿力看到了惊悚的一幕：父亲被一辆卡车撞飞！原本就不富裕的家庭遭遇了如此的飞来横祸，这一切如晴天霹雳压制在小阿力一家的心

头。从此，小阿力的父亲再也没有醒来，家庭的经济
来源陷入了濒临绝望的境地。那时，小阿力尚幼，而
他姐姐也才念小学二年级，未来该何去何从？无奈之
下，小阿力母亲靠给邻居织毛衣勉强支撑着这个摇摇
欲坠的家庭。

　　一段时间后，小阿力成绩急转直下，也变得沉默
寡言，经常一个人坐在椅子上发呆。冬日里寒风刺骨，
小阿力常常只身一人来回穿梭在家与学校之间，每次
路过父亲出事的地方，总会停下脚步，凝视着眼前的
那块水泥地。

　　马路上车水马龙，门前的枯叶随风飘落，或许再
没人会想起这个家庭的变故。这个冬天的风，冷冽得
那么不识人间烟火。对于小阿力一家，这个冬天又是
那样的寒冷而漫长。

　　阿祥在另一座城市上班。那时他还是单身，但他
周围有好多朋友都业有所成，并且资助了不少贫困山
区的学生，这对阿祥有很大的触动，因为阿祥也曾历
经艰难。在他出生那年，家里穷得揭不开锅，甚至有
一个春节几乎是靠邻居一老人送的一斤糖勉强度过的。
这种特殊经历让阿祥深刻体会到什么是雪中送炭，他心想要是把平时应酬的钱省下一部分也用来资助贫困学生也是件有意义的事情。做人就像蜡烛一样，有一分热，发一分光。后来在朋友的牵线下，阿祥与小阿力进行了联系，阿祥对小阿力母亲说："也许我的支持不多，但我会尽力而为，我主要是想让小阿力感觉到这个社会上还是有人关注他关心他。"那时小阿力母亲满眼泪花。之后阿祥会不定期去书店挑一些课外读物和学习用品给小阿力寄去，而他每次都会在书本的首页写一句话："自信，自强，自立。"有时候出差，阿祥也会坚持到学校看望小阿力，但为了不影响他上课，阿祥每次都是从教室后门看着小阿力，然后离开。

渐渐地，小阿力开始有了往日的笑容，下课后，还会与同学们一起玩游戏……

一年后，阿祥恋爱了，有一次和女朋友一起去看小阿力。

小阿力的个头越长越高，但依然腼腆，见面的时候手不停地抓着衣角。阿祥留意到小阿力脖子上戴的红领巾破了几个洞，原来这条红领巾小阿力已经戴两年了，依然不舍得换，阿祥深感心酸。

不久后，阿祥结婚了。结婚当天早上，阿祥和他

妻子带着喜糖去看小阿力，他妻子亲手为小阿力系上新的红领巾，对阿祥来说那天的幸福难以言喻。

后来阿祥得知，小阿力母亲在家养了几只鸡，是专门养给他妻子坐月子的，自己却不舍得吃。虽然付出不一定要有回报，但那种发自心底最质朴的感恩之心深深震颤了阿祥。

一转眼六年过去了，去年小阿力由于成绩优异，被保送到县里一所重点中学就读。回望六年，阿祥深感欣慰，并坚定与小阿力一路同行。

生活中有淡漠，有猜忌，有埋怨，但只要心中有爱，心中有恩，我们依然可以在这快餐式的年代里感受到人与人之间彼此暖心的关怀，感受人性闪耀的光辉，正是这种光芒坚定我们前行的力量。

卖冰棍

昨晚来到一个小区便利店，买了些冰棍。久违的味道，我迫不及待地拆了一根，冷气往上漂，猛吸一口，甜到心底。不一样的包装，一样的味道。老冰棍让我想起了小时候一次卖冰棍的经历。

小时候，村里经常演莆仙戏，庙会庆典、大富人家寿庆等都会请戏班唱戏。莆仙戏有分午场和晚场两种，晚场的观众更多。虽然我看不懂戏的内容，但我特别期盼天天有戏看。每逢演戏期间，村里会成为最繁华的市场，棉花糖、橄榄串、海蛎饼等足以让人口水直流。有点像卞之琳笔下的"你在桥上看风景，看风景的人在楼上看你"。

隔壁老叔的买卖意识很强，他到了镇上批发大批

冰棍回来卖。记得那时候，一根冰棍的批发价是五分钱，零售时卖一毛钱，一天也能卖出二三十根。当时老妈也想试试我是不是经商的料，也请邻居帮忙多批发二十根让我"起家"。

当天下午，戏场拉开了我经商之旅的第一步。我用塑料桶装上冰棍，挤到戏群中。看戏的大部分是老人家，戏群中，有的人叼着手卷的纸烟，都快烧到嘴边，依然不记得抖抖烟灰。有的老人摇着纸扇深入台上的戏境，时而哈哈大笑，时而庄严肃穆。不知道是胆小还是虚荣心，我不敢开口叫卖，而不远处的邻居却能说会道，生意红火。我清楚地记得我那时很害怕被别人看到我在卖冰棒，更害怕万一我的冰棒一根也没卖出去被人笑话。我悄悄地躲在老人堆里，激烈的思想斗争击打着脑神经，如果冰棒没卖出去，钱就会像冰棒一样融化，而自己又没勇气去推销，就这样一直矛盾着。

戏结束了，我的冰棒一根也没卖出去。而不远处的邻居却拿着钱，欢呼着去买自己想吃的东西。

有时在想，要是那一刻，勇敢走出第一步，哪怕是一句叫卖声，或许人生也会改变。

如何跨越？如何征服自己？这些疑问一直伴随着我的成长。有句话说得好，每个成长阶段都是一种领悟。

　　老家门口有条小溪，早期清澈见底，村里的人都会到溪里洗澡、游泳。由于怕呛水，我不敢近"雷池"一步，就这样二十年过去了，从清到浊，依然不会游泳。

　　直到前年，一位朋友带我到游泳池。他告诉我他之前不会游泳，但现在无论春夏秋冬，刮风下雨，他都坚持每天游泳。"为什么他能做到，我就做不到。"这个疑问一直在我的内心深处。后来不知哪来的勇气，我在游泳池里泡上一段时间后，一米、两米、十米，渐渐找到了感觉，但深水区还是不敢靠近。我跟朋友说："我们一起游深水区，万一我沉下去拉我一把。"他很爽快地说："好。"当时还是有些顾虑，怀疑自己能不能坚持游到深水区的终点，要是呛水咋办？开始游的时候，只想多憋一口气，不要沉下去，但最终还是游到了终点。回头看，朋友还在起点观望，那时心里有一种从未有过的宽慰，自豪。

　　成长路上总会有障碍，突破还是停滞不前，决定了自己的方向。人生就像打太极，可前可后，可进可退。勇敢踏出第一步，战胜的永远是另一面的自己。

大城市 小梦想

夏日午后，太阳依然毒辣。阿正跑进位于上海闸北区的一家餐厅，丢下摩托车头盔，用手甩甩额头上的汗珠，连续倒了三杯冰啤，一饮而尽。随后他从口袋中掏出一叠钱，面额有百元、十元，也有硬币，数了两遍，"1300元，没错"。虽然餐厅里开着空调，但他黝黑的额头上依然布满汗珠。或许在金钱面前，一切都显得那么微不足道。把钱摊平后，阿正把钱塞进口袋，紧接着跟几个同行开始交流各自的"行情"。

上个世纪九十年代，阿正退伍回来之后，和几个战友一起在一个县城承包了一条公交线路。每天早上六点出车，到晚上七点收工，中午只有10分钟的吃饭时间，他经常开玩笑说他在车上的时间比地上还多。

虽然每天都有 400 多元的营业收入，但是除去油费、管理费，所剩无几。因此阿正下定决心，放弃公交经营，另寻出路。

部队真能磨练出百折不挠的钢刃。对阿正来说，只要能赚钱养家，再苦再累的活都可以接受。后来，在邻居的介绍下，阿正带上妻儿来到广东做起了炸油条的生意。由于当时妻子还要带孩子，因此整个摊子的活几乎都要阿正一个人扛着。每天晚上九点起床，开始和面、烧锅、炸油条；早上六点左右，开始送货到各个店铺、食堂；早上九点准时收工，凑合吃点早饭，开始休息。他常说："我的作息时间很国际化，我更适合在美国生活。"有一次，由于白天有客人到访，阿正没休息好。在第二天的送货途中，阿正眼睛突然不自觉闭上，摩托车瞬间倒在路边，把脚摔断了。在住院的一个月里，他对前来探望的好友说："炸油条真不是人干的，我以后绝不会让我的孩子再干这个。"

在城市里，物质的诱惑让阿正对自己有一种强烈的不满足感。如何才能走上一条创业捷径，这个问题一直占据着阿正的内心深处。走还是留？何去何从？阿正一直在纠结。但阿正心意已决，不会再做油条生

意了。

住院疗伤，几乎花光阿正几年来的积蓄。裹上床铺，一家子来到上海。没有资本，创业无从谈起，阿正来到街上拉人力三轮车。累是累了点，但一天也有两三百元的收入，阿正挺满足，脸上露出久违的笑容。

几年前，阿正嗅到了商机。当时有几个老乡，在上海经营游戏机。一台游戏机设备 500 元左右，放在一些店铺里，收成与店主四六分，据说有的人一年能赚几十万元。阿正心动了，也开始介入游戏机生意。

从那时起，阿正开始每天骑上摩托车，穿梭在上海的大街小巷，到各个店铺寻访。由于是非法经营，因此游戏机也是放在一些较隐蔽的地方，不易让人发现。有时候，一台机子，一天也能分到 500 元。虽然收入比以前多，但一家三口还是挤在一个十几平方米面积的屋子里。看似一栋别墅，但里面住了几十户。面积不大，但房租涨得快，刚来的时候一间一千多元，如今涨到两千多。现在他的两个孩子也在上海读小学，算上学费、房租和日常开销，一个月的开支至少要一万多元。虽然生活大有改善，但阿正的压力也与日俱增。

城市对阿正来说毫无归属感，"来上海五年，外滩我只去过一次，因为那个地方不适合我去，也不属于我"。

前年，阿正把老家的旧宅拆掉了，盖起了小洋楼，还买了部轿车。现在白天到店铺收钱的时候，骑摩托车，有时候出去或者回老家的时候开车。"大城市赚钱是容易点，但是感觉没有家的温暖，我现在最想做的就是回老家开个小超市，赚点小钱，图个安心。"阿正如是说。

下午五点，阿正戴上头盔，加大油门，渐行渐远⋯⋯

▌无声的感动

国庆期间，乘动车出行，人头涌动，在飞驰的高铁上，我不禁想起年少的一次火车经历。

那时我还在读高二，趁暑假期间，拎起背包，一个人从福州坐火车到三明旅游。火车是当天晚上八点出发，次日凌晨两点左右到达。

上车入座后，我发现坐在我旁边的是一个粗壮的男子，身穿一件黑色旧T恤，袖口上有几处破损。他皮肤黝黑，留着寸头，双手厚实，从手掌上可以明显看到手茧。当时我脑海里浮现的字眼是"四肢发达，头脑简单"。而坐在我们对面的是一对母女，两人一上车，就从包里拿出杂志翻阅。

火车出发了，车厢里瞬间安静了下来。那男子的目光一直停滞在前面的车厢，而那母女俩专注地看着杂志。我们四个人坐在一起，却默不作声，人与人之间的桥梁看似很近，却很遥远。那时想起了古罗马诗人奥维德的一句名言："看人者必被人看。"于是我开始独自一个人听起音乐。

到了晚上十二点左右，坐了四个小时的车，深感全身僵硬，睡意甚浓，那时好想找个地方躺一躺，就好比行走在沙漠里，遇上一泓碧泉那样的渴望。恰巧，那男子起身如厕，我心想可以躺几分钟也是不错的，于是就立刻瘫倒在座位上。当我醒来时，发现那男的是站着靠在座位上。看了下时间，哇，是凌晨一点了！对面的"母亲"对我说："他看到你睡着，不敢叫醒你，

就一直站着。"我万分歉意地对他说："其实你应该叫醒我，还让你站了一个小时！"而他只是微笑地道声"没关系"。他就座后，眼睛依然注视前方，没有说话。而我心里顿时一阵一阵地责备自己"以貌取人"。他叫什么名字？是哪里人？要去哪里？这些我并不清楚，但他的无声举动却让我刻骨铭心。

火车依然在漆黑中穿行，人未到达，但我的心里旅行却已开始……

重游仙门寺 ▉

　　昨天下午，我与朋友一家三口，乘坐摩托车，来到位于龙华镇的千年古寺——仙门寺。仙门寺始建于唐玄宗开元四年（716）。据记载："汉时有化鹤仙人游于此，以手指石，石裂开为门，因名其上。"至今这里还留有传说中的仙人弈棋的石棋盘和仙脚迹等遗址。时隔二十五年，这次是我第二次来仙门寺。

　　其实就在去年，我离仙门寺仅一步之遥。去年夏天，我与朋友一起来到山脚下的一个池塘钓鱼。当时朋友介绍说山上有个寺庙，但他没有说出寺庙名称，而我也没太在意。其实只要再往前拐个弯，就能看到仙门寺庙的牌匾。于是我与仙门寺，就这样擦肩而过。在生活中往往也是如此，不经意间就错过近在咫尺的

美好。坚持往前走，最美的风景，就在转弯处。

如今重走古寺，我已回想不起古寺当年的模样，想不起古寺一个个具体景点，我只知道我曾经来过这里，记住了寺庙的名称，仅此而已。也许是我的记忆力变差了，也许是古寺的变化太大。魏峨的白塔，刷了红漆的庙宇大门，还有寺庙墙上挂着代写法律文书的布条，这些让人感觉到浓浓的现代痕迹。只有古寺门前的那对石狮子，还有巨石上爬满的青苔，才会让人联想起这是一座有着千年积淀的寺庙，静默而有力量。也只有它们才会让你萌生"天长地久有时尽，此恨绵绵无绝期"的叹息。天色渐变，雨滴开始落下。置身一片葱翠之中，雨滴从枝叶上滑落，脑际浮现"南朝四百八十寺，多少楼台烟雨中"的场景。

雨越下越大，我们也赶着下山回家，这时在山涧，有一块巨石映入眼帘，让我回想起那次难忘的春游。那时我在念小学三年级，学校组织到仙门寺游玩，虽然从家里到仙门寺大约只有二十几公里的路程，但对大家来说也算是"出境游"，小伙伴们因此连续兴奋了好几天。

春游对孩子们来说是一学期当中最高兴的事情。

不在于去什么地方，看什么风景，而是在于春游的时候，家人会准备很多吃的东西。我出门一向不喜欢携带很多东西，即使要带也是简单便捷的，因为东西带多了，会觉得束手束脚。所以那次出游，我也只带了一些饼干之类的东西。

记得当时，一到寺庙，小朋友们就不约而同翻开背包，掏出零食开始啃起来。什么千年古寺，什么仙

人脚印通通抛在脑后。老师见状，开始发话："先看景点，再吃。"然而那时老师的话，已经阻挡不了孩子们，"吃完再说"。

临近中午，我携带的东西消耗殆尽，加上翻山越岭的缘故，肚子格外饿。后来，我就爬到一块巨石上休息。这时一个同学也爬了上来，他也是我的邻居。我们经常一起上学，一起下课回家。由于他兄弟多，又是老小，他的衣服都是哥哥们穿剩下的，缝缝补补。这次春游，也是穿着缝补的衣服。在那个时候，身边很多同学都穿着缝补的衣服，但丝毫不影响我们彼此间的感情，丝毫不会减少我们在一起的快乐时光。他爬上石头，坐稳后，翻开背包，掏出一盒盒饭，打开一看是咸饭，加了肉丝和青菜。他没有带饼干，也没有带面包，只带了一盒盒饭。在九十年代的农村，吃一餐有肉的饭，对大家来说就像是享受一次过节的喜悦。望着咸饭，我如饥似渴。他吃了几口后，问我要不要也尝点。由于实在太饿，我也没有犹豫，于是我靠了过去，两人盘坐在石头上，他用汤匙，他一口，我一口吃着。嚼着咸饭，无比美味。

望着巨石，又让我联想起另一次春游。我姐比我大一届，她上四年级。学校组织她们去湄州岛春游。我当时是反对她参加，毕竟游玩的钱可以拿来买肉吃。但是父母觉得出去可以见见世面，因此还是鼓励我姐去玩。她们班有不少是我们的邻居，也都参加了这次春游。春游回来，我姐给我带了一只蟹脚。邻居说我姐晕车，一路吐着回来。蟹脚很大，带着咸味。直至今日，我依然觉得那是我吃过最美味的蟹脚。

如今我们拥有相机、手机等设备，每到一处，不停地拍照留念，可是依然不断忘却我们一起走过的地方，一起成长的故事。然而在那时，我们没有薯片，没有巧克力，但是我们却一起吃过最美味的午餐，一起度过最快乐的时光。

二十五年已过，巨石依旧静静躺在那里。我那同学也已成家，不知道他能否记起曾经一起吃过的咸饭，一起上学的情景，一起度过的童年。回想起那次春游，那块巨石是我心中最美的风景。

雨淅淅沥沥地下着，路边的杜鹃花在雨中娇艳绽放！

如此乞讨

不久前，我路过福建省立医院门口。碰见两父子正摆摊乞讨。年纪较大的躺在一块布上，盖上一床棉被。双脚麻利地蹬蹬被子。这时"职业乞讨"立刻浮现脑际。

随后，我便走了过去，准备一探究竟。那男子跪在地上，身子前倾。摊子前放着一袋药，一张病情资料，资料里写着父亲双脚残废，家里无力治疗等内容，需要筹集药费。我正准备用手机拍照，那男子立刻警觉："你这是干吗？你这是干吗？"躺在地上的老人也立马睁开眼睛，一直望着我。随后我转身走开。附近报摊的阿姨说："这两个人已经在这好几天了，老人家哪里是残废，每天都是自己走过来的，都没见他们打开那袋药。"

近年来，不少乞讨者出现在大街小巷。白天乞讨，中午喝啤酒，吃炸鸡，晚上逛珠宝名牌店，出现乞讨职业化现象。更有甚者，组织拐卖儿童，指使他们上街乞讨，残害幼小心灵。层出不穷的乞讨花样，让大家难辨真假。

以前，我对乞讨者并不排斥，甚至常常萌生怜悯之心。1998年夏天，那时我还在念中学。有一天，母亲给我二十元钱，让我上街买洗发水。我乘难得的机会，骑自行车十二公里来到县城。对于乡下人来说，来趟县城是很不容易的。经过县城的一个桥头，看见一个妇女，跪在地上，衣衫褴褛，身前放一个碗，碗缺了几个角，里面已有数十元，面额主要是一元，其中两张是十元面额。那时心想，这阿姨挺可怜的，于是我掏出五元钱，放在碗里，之后转身继续我的"县城半日游"。刚走不到一百米的距离，见一男子跪在路边，地上用粉笔写了几行字，我停下自行车，前去观看，地上写的内容是身份证、钱包丢失，筹集路费回家。于是我又掏出五元钱放在他面前，心想虽然不能解决他的路费，但至少出一份力。那时，正值长江洪涝灾害，电视上经常播放《爱的奉献》，我把口袋仅剩的十元

钱，拿到邮局，汇给红十字会。就这样，洗发水没买成，钱也没了。回去之后，我把偶遇告诉家人，家人倒不责怪，邻居反而提醒说，现在有的乞丐是假的。邻居也是出于好意，权当长个见识吧！

从那不久后，发现村里开始陆续出现陌生人，操外地口音，临近春节居多，三三两两，有的身背旧吉他，有的手拿快板，挨家挨户上门表演。表演的内容无非就是简短的祝贺语，如"恭喜发财、大吉大利"。村里人为了打发他们，就随身拿出一元钱，然而他们并没有要走的意思，而是觉得钱太少了。后来渐渐的村里人看到这些人来，马上把门关上。这些人最爱盯着村里办喜事的人家。因为办喜事，主人出手也会大方点，但是他们反而不满足，数十元上百元都敢开口，难怪邻居愤愤不平："这哪里是乞讨，跟抢劫没什么差别。"

然而，不是所有的乞讨者都看起来那么讨厌。镇上有个乞讨者，因走路一瘸一瘸，手臂弯曲，所以村里人都称呼他"残疾发"。他经常会在村里活动，肩扛着一根扁担，扁担上拴着一条尼龙袋。"残疾发"从不讨钱。午饭和晚饭时间到了，只要给他盛碗饭吃就可以。夏天的时候，村里人几乎都煮稀饭。有一次，他路过我家，说讨碗稀饭吃。因为他是老面孔，我就回屋里打了一碗。站在门口，他放下扁担，由于一只手不方便，所以在解开尼龙袋绳子时有点费劲，还用牙齿咬了咬，之后从尼龙袋里取出一个碗，碗沿破了几个角，表皮也有脱落。我把稀饭倒进碗里。稀饭不是很烫，他端起碗，不一会儿工夫，一饮而尽。然后把碗塞进袋子里，转身回家。"残疾发"有个绝活，就是会生火。因为村里办喜事，都是用木材生火，那样火势会比较旺。村里人办喜事，他经常干生火、加火、退火的事。别看这简单，火候的控制对做出来的菜品也是很关键。有一次，在起火的时候，见他满脸过灰，额头布满汗珠，不时地搬柴，只有乘间隙，吃两口热菜。宴席结束后，家属也会打包一些剩菜给他，但是他从不拿钱。由于他人缘颇好，村里大人小孩都认识他，也不排斥他。后来，渐渐的，很少看见他的身影。

多年未见，如今依然有很多人在关心"残疾发"的近况。听说他如今在一家工厂当门卫。

想起"残疾发"，让我回想起一句话："只要你不跪下来，就没有人说你矮。"

▊妇产科的故事

　　大家对医院向来反感，但是医院里面有一个地方，不缺乏惊喜和期待。也有很多故事发生，那就是妇产科。

　　2014 年农历十二月二十七日，我陪亲属到一家医院做产前检查，因快到预产期，而且肚子偏大，为安全起见，医生建议住院观察。办理完入院手续后，亲属被安排入住在待产室里。待产室里有五张病床，其他四张病床已有产妇入住，里面只剩一张靠近产房的床铺。

　　对于这个待产室，我们并不陌生。七年前，亲属也在这里待过。待产室里的布置没什么变化，唯一比较明显的变化就是把铁制病床替换成更现代的病床。医生和护士不少是老面孔。同一个地方，同样的人，七年之后，依然能感受到同样的紧张与期待。

　　因为考虑家离医院比较近，而且肚子还没痛，所以我们计划白天在医院观察，晚上回家休息。在与亲属讨论后，我找值班医生告诉她我们的想法。那位年轻医生很严肃地说："孕妇办理住院手续后，是不能离开医院的。"没有更多的解释，之后，她便转过头，继续翻着病历，一边不停转动手中的笔。后来想，那就遵守医院的规定吧。

　　到了晚上，我从朋友家搬来一张躺椅和一床棉被，当时是下了很大决心要在医院"值班"。到了晚上十点之后，待产室里有的家属已开始入睡。两位家属的呼噜声开始此起彼伏地交织着。于是我就在医院走廊上的座位上坐了一会儿。虽然已是深夜，但依然不时地有产妇被推到产房里。医生和护士进进出出，家属们在产房外面焦急地等着。一位大姐紧抱着从医院领取的被子和衣服，身子贴着墙壁，闭上双眼，能够感受到她的不安，也能感受到她在默默期盼一个新生命的到来。还有一个应该是准爸爸，双手插进裤兜里，在走廊上来回踱步，不时地趴在产房门板上，往门缝里面观察，听听里面的动静。没多久，产房门被推开了，产妇和婴儿一起被推

了出来，只见该准爸爸迅速上前，脸上布满笑容，弯下身子，亲吻媳妇的额头。那位大姐则把被子给媳妇盖上，推着车到病房里。看到这一幕既羡慕又期待。

后来，在走廊上陆续听到医生们谈论她们在过去一年的奇遇。有个医生说有个"土豪"，拿着一叠现金，重重甩在护士面前，说要一个好的单人间，不差钱，护士们忙着手中的活，没有回话。这时一个医生站出来："来这里生孩子的都不心疼钱，医院确实没有你要的那种房间，如果确实需要你去住五星级酒店算了。"那位"土豪"，瞬间无语。接着另一名医生谈了她的奇遇。有一名产妇在产房里大声嘶喊，家属紧张，就从口袋里掏出一叠钱，冲进产房，把钱硬塞给医生和护士，但都被拒绝了。

临近十二点，有点睡意，我就躺在椅子上。由于产房木门上的榫坏了，关门、开门都发出咔嚓咔嚓的声音，十分刺耳。一边是不停的呼噜声，一边是刺耳的开门声，翻来覆去，难以入睡。这时，待产室里有一个孕妇开始肚子痛，不停辗转和哭喊，坐在床头的丈夫一直紧握着媳妇的手。由于待产室的一个门是通往开水间，因此也有不少家属经过这里。产妇母亲担心外面的风吹进来影响女儿，于是就把门反锁，这时外面打水的家属要进来，那位母亲始终没去开，护士听到重重的敲门声后，把门打开，紧接着，两位家属开始大吵起来。之前我也不理解那位母亲的做法，毕竟有点自私了，把门反锁，其他人就进不来。后来觉得这也许是疼爱女儿的无奈之举。

不一会儿，听到外面一家属打电话给亲戚们挨个报喜，说媳妇生了个女娃，电话中还安慰他们说："生女儿也一样，平安健康就好。"没过多久，产房里又传来婴儿的哭声，之后听到一位男家属开始电话报喜："生女儿，顺产，女儿也挺好的……"

于是，我起身和还没入睡的亲属聊："感觉跟七年前，有变化，大家对生男孩反而没那么强烈的期盼。"亲属也有此同感。

在两千多年前的周代，民间把生男孩子叫"弄璋之喜"，生女孩子叫"弄瓦之喜"。璋是好的玉石；瓦是纺车上的零件。鲁迅先生在文章中曾揭露和批判过这种重男轻女的做法：生个儿子，便当作宝贝，放在床上，给他穿上好衣裳，手里拿块玉玩玩；生个女儿，便只能丢在地上，给她一片瓦弄弄。这种重男轻

女的观念一代又一代延续着。就在七年前，也同样在这个医院，一个家属得知产房里的媳妇生了儿子，高兴地跳了起来，惊喜之情难以言表，以致护士出来提醒该家属要保持安静，以免影响其他产妇。还有一个当时住我们隔壁床，婆婆得知儿媳妇生了个女儿，立刻转身走出病房，开始打电话，希望能抱养个男孙，得知情况的媳妇黯然落泪。

随着社会的变迁，人们重男轻女的观念，已渐渐改变，这或许源于女性独立意识的增强，也或许是父母认识上的改变。都说养儿防老，如今女儿也能成为支柱。听几个医生介绍，在很多医院，父母住院期间，儿子因为工作忙等原因，真正陪护在父母身边的时间不长，而媳妇由于天底下最难处的是"婆媳"关系，也不能做到细心照料，即使是请护工也是难以全心全意投入，倒是女儿一直无微不至的守候。这让老人家们觉得女儿更是贴心小棉袄。

国家已经放开二孩政策，越来越多的家庭，人丁将更加兴旺，但对于生男生女，我们的老前辈都看得那么透彻，何况生活在现代的我们呢？其实无论男女，子女都是父母的牵挂和未来的支撑。

过　年

　　正月初四晚，我带着女儿来到一个摊点，买了一盒"孔雀开屏"的烟花和一些小花炮。之后，我们一起来到位于溪边的公园。空中飘着的几盏许愿灯，渐渐消失在眼际。小朋友们身着新衣服，借助公园的花灯，奔跑嬉戏。一个调皮的小朋友，突然点着一颗炮扔进人群中，"嘭"一声，吓得大人们连骂"臭小子"。

　　我们找到一处空地。当我掏出打火机时，准备点燃"孔雀开屏"，发现女儿早已躲远远的，捂着耳朵。烟花并没有产生巨大声响，而是喷射出"孔雀开屏"形状，绚丽夺目。望着不断变幻的烟花造型，再看一眼站在远处的女儿，心中萌生一丝联想，有时对一个事物不了解，才会让人望而却步，其实正是因为陌生，

往往才会遇见意料之外的美好。日复一日，年复一年。随着年龄不断增加，也顿感年味渐渐淡去，或许只有绽开的烟花，才会再次提醒自己，原来我还在过年。

在老家，农历十二月二十五日起，就正式进入过年状态了。奔波在外的乡亲，也都已归来。做红团，炸豆腐，写春联，买年货。然后静等着，大年三十晚上吃顿"大餐"。

在我们村，每年最早给大家拜年的是村委会。首先是给村里的军属拜年。伴随着鞭炮声，村干部们一行，敲锣打鼓，给军属们送上几斤五花肉、寿面和补贴，营造出"一人参军，全家光荣"的氛围。这个传统自从我懂事起一直持续到现在。不过据说现在"补贴"是直接打到军属的银行账号上。

春节前，我与村支书闲聊。他告诉我说村里给八个低保户安排每人 500 元的慰问金。八户中，有家庭变故、有智力障碍、有身患重病……我跟村支书说："这件事很有意义，让人看到温暖，看到希望。"

我记得我父亲以前告诉我，当年我出生的时候，我们家极其贫穷。因为无缘无故被评上"地主"名头后，寸步难行，家里一贫如洗。无助，甚至绝望，叫天天不应，喊地地不灵。临近春节，无奈之下，硬着头皮向邻居借了两斤大米才勉强度日。我无法体会到在那个年代的真实感受，但我可以想象到在那时一碗米饭远比一盅燕窝来得更为重要。500元或许改变不了一个人，改变不了一个家庭，但是足可以让一家人吃顿饱饭，看到信心。

大年三十是一年之中最让人盼望的一天。年夜饭也是最为丰盛的一餐。这一天有鱼，有肉，有压岁钱，有新衣服穿。记得小时候，那时刚吃完年夜饭就迫不及待地穿上新衣服，和伙伴们拿着刚领到手的压岁钱，开始消费起来。拉响炮、水枪，和伙伴们玩得酣畅淋漓。后来渐渐长大，我的装备也提升了，换成了会发声的

"驳壳枪"，可是玩伴却越来越少了，有的人打牌了，有的人打麻将了，落下了我这无"手艺"之人。如今，玩伴们都已各自成家，常年奔波，渐行渐远。

这几年的年夜饭，总是嘱咐老妈菜煮少点，清淡点。菜越煮越多，品种越来越丰富，但诱惑总不如前。已经几年不看春晚了，吃完年夜饭和邻居老人家烤炉火。

大年初一是我们村里春节最热闹的一天。我们村分为"下座、下厅、后门、师傅"四个大家族。在农村，家族大小意味着影响力、话语权和荣誉感。血脉维系着家族成员间的彼此认同感，鲜明体现着中国家族文化的典型特征。根据习俗，五十岁起，逢十都要做寿，六十寿、七十寿、八十寿……寓意长寿有福。每年大年初一，宗亲家族成员都要各自扛着鞭炮到那些"寿星"家里拜年。然后"寿星"会馈予一人两个橘子、两根香烟和果糖。到了正月初三，集体来到"寿星"家里吃寿宴。

我读小学的时候，村里大都以种田为主，零星打工赚钱。大家给"寿星"拜年，扛去的鞭炮大小都差不多，一股几块钱。那时的鞭炮正中心有颗"大炮"，声响巨大，容易炸伤。村民们都以"大炮"的声响来判断此炮质量好坏。大炮声响越大，说明此炮质量越好。

到了上个世纪九十年代，村里人开始陆续到广东炸油条，广东受益于改革开放，而我们村受益于广东的发展，"传帮带"一下子让村里迅速找到出路，成了"油条专业村"。赚到钱的村民如雨后春笋般，相继回家盖了新房，生活条件得到极大改善。在那几年的大年初一，扛去给"寿星"拜年的鞭炮有大有小，较富裕的开始买一股三十元或五十元的鞭炮。记得有一年大年初一，村里一个踩三轮车的，穿着一件破旧夹克衫，怀里裹着一股几块钱的炮，抱得紧紧的，他生怕被人看见。当然也有例外。一个单身汉，身穿的衣服都是邻居给的，无所事事，不过他给"寿星"拜年向来阔气，都是买一股数十元的，被村里人当成一种"榜样"。

这几年，老家红木家具异常兴起。一天上班八小时，一个家庭年收入数十万元，纷纷当起"土豪"。富起来的人们走起路来都不一样，有人开玩笑说，扭起的腰子能把进村的大桥堵住。近两年的大年初一，大家开始扛去一股一百、两百的鞭炮。不然会被认为"诚意不够"。"嘭嘭嘭……"阵阵巨响，烧掉的是一年

来辛苦赚来的积蓄，滚滚浓烟中夹杂着正在变味的乡情，漫过乡村屋檐。

当大家都同样处在温饱线上的时候，彼此看来都是对等的。当经济、地位出现变化时，一些观念也在村里流传。一股炮的大小往往衡量一个家庭的经济条件或者对方的重要性和亲疏度。

每年元宵，村里的主祭司会挥手高喊"风调雨顺""国泰民安"……在场的村民们会齐声呼应："好！好！好！"随后，对面的戏台开始唱戏。

台下一位八十多岁的老人家，猛吸着嘴里叼的锥形土烟，用中指弹着烟灰，长叹一口道："过年就像一场戏。"

七夕——一粒豆的开始 ▋

　　相传七夕这天，牛郎织女鹊桥相会。在葡萄藤下，可以听到他们的私语。小时候，和村里的几个玩伴，找寻了全村的葡萄藤，结果啥也没听到。长大了，才明白那是传说。

　　在老家，根据习俗，七夕这天，每家每户都炒豆。黄豆和花生仁加入白糖一起翻炒，凝结成块，俗称叫"破豆"。"破豆"在孩子们心中，被视为难得的美味甜点。然而，炒完"破豆"，还得把"破豆"用碗装起来，然后端到祠堂祭祖。长辈们会默念先祖的名字，请他们先品尝"破豆"。在印象中，几乎每个传统节日，都会先祭祖，春节、清明、端午、七夕、冬至……"每逢佳节倍思亲"，这是对先祖的追思与念想，更是孝

道的传承，亘古不变。

　　祭祖结束后，孩子们会迫不及待地，抓起一把"破豆"，往嘴里塞，酥脆甘甜，留有余香。站在旁边，会听到"破豆"被咬碎的清脆声。邻居们也会品尝交流彼此炒的"破豆"，看看谁家更美味。牙齿不齐的老人们，倚靠在有点年代的藤椅上，手摇芭蕉扇，一粒一粒，往嘴里送，慢慢细嚼，生怕又掉了颗牙。望着穿着背心和裤衩的儿孙们在不停追逐嬉戏，老人脸上布满笑容。绕在藤椅旁的小鸡群，也在低头寻觅老人咬碎的"破豆"残渣。七夕，一粒"破豆"总会给人带来甜蜜。无论贫穷还是富有，无论年长还是幼小，"破豆"在各自心中都有不同的回味。

　　以往，每年只顾吃"破豆"，始终没弄清"破豆"与"七夕"之间的关联。但听闻七夕吃"破豆"，按方言是"吃炒豆、活老老"，表达的是对未来生活的企盼和家人的良好祝愿。"黄豆""花生""白糖"融合一块，寓意"奋斗不止""生生不息""甜甜蜜蜜"。

　　我已多年没有吃上"破豆"了，你今天吃了吗？

一把老竹椅 ■

　　台风"莫拉蒂"把叔叔的老宅刮倒了，老妈从废墟里挖出一把竹椅，椅子背面依然可见用墨汁标记的"行修"两字，那是我曾祖父的名字。

　　邻居回忆说，这把竹椅是我曾祖父的"专席"，一直摆放在大堂中央。曾祖父有个习惯，平时吃饭都喜欢蹲在屋外的长凳上，因此竹椅经常是空着，但在那时他是一家之长，长幼有序，因此家里大小都不敢抢坐。如今，曾祖父已离我们远去，我也不知道他长的是什么模样。现在看来，竹椅或许是他留给我们唯一的纪念，见证了一代又一代的成长。百年已过，椅子还在，思念还在。

　　根据推断，这把竹椅至少存在百年以上。虽然历

经百年风雨，椅子骨架依然结实、完好无损；即使被丢弃在阴暗角落数十年，也没有产生蛀虫；而家里另一张刚买三年左右的竹摇椅已遭蛀虫侵蚀。

清风携来微凉，倚靠在竹椅上，静静寻思，到底是竹子好，还是工艺好？坐在一旁的邻居突然发出感叹："还是这种竹椅坐的舒适、踏实、有安全感。"他的话瞬间让我联想起另一种椅子。

有一次我来到一家红木家具生产车间，看到工人正在给一套清式酸枝沙发涂色，几张椅子的脚都出现不同程度的空洞，随便用碎料拼补了事，让人触目惊心。据了解，用无拼补材料制作，一套沙发成本至少要增加数万元，而老板为了赚取更多的利润，只有在原材料上做文章。一套数十万的家具，看似高大上，然而随时都面临散架的可能。

有人费尽心思，耗尽钱财，为了追寻心目中的那把椅子，然而很多时候发现抢来的椅子仅仅是个摆设。没坐几天，椅子就塌了。那时才会觉得还是老竹椅坐的轻松自在，经久耐用。

工艺越来越先进，材料越来越高端，为何椅子还是不耐用？

原来是我们的人心空了。

▌我睡北京天安门

十年前的一个夏天,我只身一人前往北京。天安门是什么模样?故宫有多大?能否见到那些国家博物馆里的珍贵"国宝"?一路好奇,一路期待,一路亢奋。终于经过火车长途远行,再转乘地铁到达军事博物馆站。随后我向在路面执勤的武警打听:"请问去京西宾馆怎么走?"那位年轻武警同志,从头到脚,打量了我一番:"你到京西宾馆干吗?"那时心想,难道帝都的安保一直都这么严?问个路,都如此警惕?不过我没有多想,我即刻应答:"到京西宾馆开会。"之后那位武警兄弟,就告诉我京西宾馆的具体方位。

到了宾馆门口,又被门口武警拦住了,出示证件后,才得以放行。到了宾馆后,才发现"京西宾馆"隶属

我睡北京天安门

总参谋部。主要接待国家、军队高级领导，是中央军委、国务院举行高规格大型重要会议的场所，有着中国"会场之冠"的美誉。

在北京的几天里，顺道游览了故宫、国家博物馆、天坛。以往常常在电视里看到的名胜终于可以一饱眼福。我深切感受到了北京的高速发展和深厚历史积淀。可谓增长见识，不虚此行。但我一直以为，了解一个城市，除了参观这个城市的博物馆以外，最能体现城市面貌的是这个城市的后半夜。没有了阳光，没有了繁华迷离，或许此时，所有的一切才是最真实的。于是，我决定深夜从中央电视台步行来到天安门广场。之后，经过了一条地下通道。看见有十几人就躺在地下通道里睡着了。其中还有一个小女孩和母亲背靠背，然后斜靠在墙体，闭着眼睛。旁边还堆着大包小包的行李。我放慢脚步，生怕惊扰她们。或许他们第一次来北京，或许他们居无定所？或许他们正寻找梦想……

凌晨三点路过王府井，看到一个住宿广告牌："一晚 30 元。"那时心生好奇，在北京 30 元的旅店会是怎样的？于是，我花了 30 元，跟老板说能否借宿一晚。体验"北京一夜"。当老板打开房门的一瞬间，一阵难闻气味，就从房间里涌了出来。借助昏暗灯光，不到 30 平方米的房间，并排躺了 6 个人。有两个抱着被子裸睡，黝黑的肌肤，可见冒出的汗珠。吊扇不停地转动，吱吱发响。墙上的抽风机也阵阵轰鸣。看到眼前的情景，心想"30 元"意味着什么？我与店老板交流了几句，他们依然没有起身看我们，显然他们睡得很沉，也许真的是太累了。

一路走着，一路思索，那么多人向往城市，向往北京，为了什么？天渐渐露出微光。我走到了天安门广场，已深感疲倦。不久，国旗护卫队，迈着整齐的步伐，扛着国旗来到天安门广场。国歌响彻整个天安门广场。望着冉冉升起的鲜红国旗，心潮澎湃。此时，我思绪万千，地下通道的那些人是否已经起来赶工？住在 30 元旅店的 6 个人是否也曾经目睹那鲜艳的五星红旗？是否一起感受到祖国心脏跳动的脉搏？

■ 要不要买票

兵马俑、古城墙、大雁塔、华清池……千百年来，无不见证着一个又一个朝代的繁华与更替，神秘而厚重。令人心驰神往。这是历史的馈赠，这也是古都西安的魅力。

我始终以为博物馆最能体现一个地方的地域文化特色，是一种无声的语言，韵味绵长。在那里可以回望历史，感受古今。所以，每到一地，我总是最先找博物馆。

昨天，参观古城墙后，打车来到陕西历史博物馆。正要付车费时，透过车窗，看见博物馆门前已经排起了长队。的哥提醒我，如果不想排队，可以花钱买票。到了现场才知道，陕西历史博物馆是免费不免票。游客虽然不用花钱买门票，但还是得取票才能进去参观。眼看队伍排到大门外，有200米长。我心想干脆明天早点再来参观。于是，我改道先去参观兵马俑。

　　博物馆夏季开馆时间是早上八点半。为不再错过游览，第二天，我赶了个大早，八点半准时来到博物馆。可是一下车，眼前的情景令我大为吃惊。门前已经排起了长队。三列并排，绵延数百米。为了参观博物馆，看来大家也是蛮拼的。或许，这也是免费的魅力。博物馆每天限定参观人数4000名，上午2500名，下午1500名。心想如果正常排队，估计今天也轮不到我了。光线越来越强，热浪不断涌上。正萌生退意时，一位中年女子突然问我："要不要门票？"我问："多少钱？"她答："50元一张。"我接着问："不是免费的吗？"她脸色一变，随即转身扔下话："那你去排队吧。"于是，我就来到大门左侧一个咨询点了解情况。看见窗口坐着一位女工作人员，手里拿着一叠票。我说："参观博物馆是免费的吗？"她不耐烦地说："那你去排队吧。"随后我问能买票参观吗？她便问我几个人参观，我

说一个人。她立即拿出手机打开二维码，让我直接用手机付款。每张票是 30 元。由于，手机信号不好，没有支付成功。那工作人员脸色立马变得僵硬，后来，她说在一些团购网站也可以购买。于是，我用手机在网站上团购一张，价格是 30 元。我查了团购详情，已有 8000 多人参与此团购。

之后，我拿着团购验证码，到窗口去取票。我发现在我前面，已有三个人拿着手机在取票。一位年轻的小伙子，跑过来询问我，怎么买票。

早上九点十六分，当我拿着票，准备进门时。广播响起来："参观人数已饱和，暂停发票。"听到这则消息，不知那些排队的人心里会怎么想？

进到馆里，其中一个展厅是"复兴之路陕西展"。偌大的展馆，没有一名参观游客。一个保安坐在椅子上，打起了瞌睡。而在另一边，大唐遗宝展门口络绎不绝。看来现代人颇为关注历史。

唐代骰子、围棋、青铜器……一件件"国宝"绽放出历史的光芒，静默而有力量。十三朝古都，三秦大地，我用一个半小时参观完了。

走出大门，阳光让人睁不开眼。门前的长队里，有的打着伞，有的用商家发的宣传单扇风。排起的长队渐渐变成蛇形。一个女孩子坐在花圃的围栏上，额头布满汗珠。一个小男孩嘴里舔着一根老冰棍，一只手拉着妈妈的衣角说："妈妈，我们回家。"

青海行

　　我一直以来对青藏高原，有着莫名的向往，也同样抱有敬畏之感。但又生怕有高原反应，不能适应。直到几天前，我才下定决心，开启"探险"之旅。

　　以往，青海给我的印象是"人烟稀少"。然而到了西宁火车站，被眼前的情景所震撼，火车站规模巨大，又显气派。据说刚投入使用不久。社会主义国家集中力量办大事的优势彰显无遗。

　　第一站是来到西宁市区朝阳钢材市场。经营者大多数是莆田人。西宁市人口300多万，福建人有10多万，而莆田人就有1万多，主要从事钢材、木材、水暖卫浴等。老乡们开玩笑说在西宁"莆田话"比"普通话"好用。在市场附近就有一个福清人开的海鲜馆和一家卤面店，生意都很好。相隔千里，离乡多年，乡音未改，他始终惦念家乡的一草一木，依然喜欢记忆中的味道。

青海湖是来青海的必去之地。位于青藏高原东北部，与西宁距离150公里。既是中国最大的内陆湖泊，也是中国最大的咸水湖。丝丝白云在空中慢慢飘散，淡蓝色湖面伴随着微风荡起丝丝涟漪，湖边油菜花娇艳绽放。青海湖很大，大的让人看不到对岸，远远望去，湖边看不到一栋现代建筑，没有太多人工景点。或许自然才是最美，纯朴才更有生命力。有时候无须千言万语，但是韵味绵长。我也说不清青海湖到底美在哪里，只有置身湖中，才会认同青海湖是中国最美的湖这一说法。

在青海湖回西宁途中，我们顺道参观了日月山。日月山坐落在青海省湟源县西南40公里，属祁连山脉，长90公里，平均海拔4000米左右，海拔最高为4877米，青藏公路通过的日月山口海拔3520米。它位于我国季风区与非季风区的分界线上，地处黄土高原与青藏高原的叠合区，划分了农耕文明与游牧文明。藏语叫日月山为"尼玛达哇"，蒙古语称"纳喇萨喇"，都是太阳和月亮的意思。不过来日月山的游客不多。一位

老乡花了 40 元买了日月山的门票。到了山上发现风景还不如仙游的九鲤湖。

第二天，我们来到海北藏族自治州门源县参观油菜花。据说这里是全球十大花海之一，60 万亩油菜花。开花时间是 7 月 5 日至 25 日，最佳花期是 7 月 10 日至 20 日。今年赶了巧，油菜花连片整齐开放。翻山越岭只为寻花，人晒黑了，花却开了，值得！浓艳的黄花，横越门源盆地足有百公里，在高原深蓝的天空下，与远山近水，村落人家相辉映。铺天盖地的都是金黄色，无际无边。这种景色就像镶了两道金边的银丝带蜿蜒飘舞，与祁连山遥相辉映。雪峰、草原、花海，如诗如画。于是拿起手机发了朋友圈，心中无墨，遇如此景色，也无法抒情，只能连连惊叹。

"人生就像一场旅行，不必在乎目的地，在乎的是沿途的风景，以及看风景的心情。"在去门源路上，经过一条小溪，流水潺潺，溪边有一座土房，没有屋顶。历经风雨，墙体已有一道道冲刷痕迹。羊群悠闲地在溪边寻觅水草。牧羊人骑在马上，哼着欢快的歌。不远处就是岗什卡雪峰。一同前往的堂弟说有时真想成为那样的牧羊人，远离城市，没有压力，自由自在，享受着自然的馈赠。即使外面世界那么繁华，牧羊人依然不为所动，与羊为伴，与山共眠。不过他话锋一转说或许他也羡慕我们的生活。人有时很矛盾，在山的这一峰望着山的另一峰。于是我又拿起手机发了朋友圈："满山葱翠花烂漫，溪涧流水牧羊声。残垣断壁守故土，茫茫雪峰望千年。"

听说"天下黄河贵德清"。有句话说"跳进黄河也洗不清"。说的就是黄河含沙量高，所以都是"黄色"。但到了贵德发现，流经这里的黄河是清澈的河水。于是我又配图发了朋友圈："有时候真的可以清者自清。"

这个夏天遇见最美的青海。

▋我眼中的唐僧

　　到古城西安，大雁塔是必去之地。不是因为它有多美，而是因为唐僧曾经在这里办公。于是多了几分神秘，多了几分想象。当然促使我来大雁塔，也因为几年前，参观了位于仙游凤山的无尘塔。

　　无尘塔创建于唐咸通六年（865），为该寺历代寺僧圆寂后火化的荼毗塔，距今已1100年。空心结构，螺旋石阶直达塔顶，石条间借力发力，历经千年风雨洗礼，依然矗立在满山葱翠间。岁月流逝，静默的力量，无不让人感叹古人建筑智慧之高超，宗教文化之盛行。于是由于无尘塔，让我对大雁塔多了些许向往。

　　大雁塔位于唐长安城的大慈恩寺内，又名慈恩寺塔。太子李治为追念其生母文德皇后，报答慈母恩德，奏请太宗敕建佛寺，赐名"慈恩寺"。后来，专供唐僧在此译经办公。唐僧祖籍是河南洛阳，俗家姓名"陈祎"，法名"玄奘"，被尊称为"三藏法师"。唐僧13岁出家，贞观三年（629）从长安（今西安）出发，历尽艰辛至天竺（今印度）游学求法。十七年间，行程五万余里。贞观十九年（645）携大量佛经回到长安。在唐太宗的支持下，召集各大寺高僧组成译经场，译出经、论75部，共1335卷。毛泽东曾评价说："我

们的唐三藏法师，万里长征比后代困难得多，去西方
印度取经。"

　　了解完唐僧的经历后，不由自主地把无尘塔与大
雁塔联系在一起。两者同样是国家文物保护单位，为
何一个是国家 5A 级旅游景点，被铭记千年。一个却始
终与野草为伴，荒无人烟。或许是因为大雁塔有唐僧，
有大唐皇帝的支持，而无尘塔却没有"明星效应"。
唐僧的成功按现代的说法是个人奋斗与贵人相助的完
美结合。如果没有他自己艰苦卓绝的求法历程，或许
也不会有今后的大雁塔，也入不了大唐皇帝的法眼。
当然如果缺少了大唐皇帝的支持，也不会有那么多成
就。或许他只会被称为"老唐"而不是"唐长老"。
季羡林对唐僧的评价说："他是一个虔诚的宗教家，
同时又是一个很有能力的政治活动家。他同唐王朝统
治者的关系是一个互相利用又有点互相尊重的关系。"

　　参观完大雁塔，心中突然浮现李白的一句诗："古
来圣贤皆寂寞，惟有饮者留其名。"

妈妈请再陪我过一次生日 ▐

　　眼看新学期就要开始了，让我十分挂念小婷。今天是她的生日，不知道她吃生日蛋糕了吗？今年的生日是否还是一个人过？

　　小婷是仙游县龙华镇人，今年12岁，念小学五年级。2012年，父亲因抢劫罪被判有期徒刑8年。就在父亲入狱后的第一个晚上，母亲乘着小婷熟睡，带上行李悄悄离开。第二天一大早，小婷醒来，揉着蒙胧的眼睛，突然发现妈妈不在身边。没有留下一句话就走，她以为妈妈只是去走亲戚，始终觉得妈妈不会忍心丢下她和7岁的弟弟，然而事实是妈妈从此再也没有回来过。

　　从那之后，姐弟俩由爷爷、奶奶代为抚养。然而

爷爷患有严重肺炎，奶奶又有高血压，全家仅靠她叔叔每个月800元的收入勉强度日。

小婷一天天长大，但是伴随她的烦恼也一天天增加。每次学校通知开家长会，小婷不知道要去哪里找自己的爸爸妈妈，又不知如何回绝。于是小婷经常被同村玩伴取笑，性格开始变得内向、自卑。缺少父爱，缺少母爱，缺少原本属于她的童真和对未来的信心。"我以为小鸟飞不过沧海，是因为小鸟没有飞过沧海的勇气。十年之后我发现，不是小鸟飞不过沧海，而是沧海那头早已没有了等待。"对小婷来说何尝不是如此？

在去年的暑期，当地组织公益活动，邀请服刑人员子女到城里一个甜品店做蛋糕，再到山区慰问空巢老人。小婷自愿报了名。小婷在她亲手制作的蛋糕上，画了老爷爷和老奶奶携手相依的图案。并写上"天天快乐，寿比南山"的祝福语。有个小朋友私下告诉我说他发现小婷在她做好的蛋糕前偷偷许愿。后来我拉着小婷的手说能不能告诉叔叔许了什么愿望，看看叔叔能不能帮上忙。小婷低下头说她许的愿望是希望妈妈早日回来。听到这我已控制不住自己的情感，不知此时小婷的妈妈能否听见女儿发自心底的呼喊。妈妈回家，爸爸回家，他们一直在等你们。

到了山上，小婷与老爷爷、老奶奶一起切蛋糕。那一刻她早已不在乎那些异样的眼光，只想好好和老爷爷、老奶奶一起品尝她亲手做的蛋糕，哪怕只是短暂的快乐，亦或许是"父债子还"。

小婷说这是她第一次做蛋糕，第一次对着蛋糕许愿，虽然没有点蜡烛，没有唱生日歌，但她已知足。皱纹、笑脸、信任，彼此交融。在大山深处遇见最美的风景。

一年时间已过，不知道小婷的愿望实现了吗？不知道谁会去参加她学校的家长会？

▌守护好我们的根

　　几天前，路过福州南后街，正好偶遇一家电视台正在街头采访"想对老师说什么"的话题。一名毕业于北京航空航天大学的游客，饱含深情地回忆起她的一位老师，她说那位老师给大家布置了一道作业。第二天上课的时候，同学们随意凑了一些数据，就交了上去，应付了事。老师随手翻阅了几份作业，表情凝重，之后便把整叠作业重重地摔在讲台上。"你们都是研究设计飞机发动机，关系到千家万户的安全，你们对待生命如此草率吗？"班上顿时鸦雀无声。"我们第一次感受到老师这么凶，但是他教会了我们对学习、对工作、对生活都要有认真的态度，终身受益！"

　　临近教师节，让我回想起了几位老师。黄芳是小学语文老师，她曾经布置的一道作业，改变了一个学生的成长方向。班上有一位女生，每次上学途中，会拐进路边的便利店，干点"顺手牵羊"的事，以致店老板跑到学校反映。黄老师认为如果长此以往下去，迟早会误入歧途。然而为了顾及学生自尊，黄老师并没有当场严厉批评她。深思熟虑后，黄老师向全班同学布置了一道作业，以"守护好我们的根"为主题，给学校的每棵树制作一张名片，并留下自己的名字和格言。一时间，学校里的树上都挂了一块块特色名片，每个学生也都在悬挂自己精心制作的名片的树旁合影。黄芳说其实这道作业是专门为那位女生而设的，希望她能意识到一棵树只有守护好根脉，才能健康成长。从那以后，那位学生彻底变了个样。随着岁月流逝，或许会忘记老师的容颜，忘记同学的微笑，但永远不会忘记曾经的那道作业。即使不能得满分，但足够温暖一生。

琦晶是中学音乐老师，从教近二十年。她说有一个小学老师，至今令她非常难忘，曾经的往事经常浮现眼前。她读小学二年级的时候，那位老师不仅教她读书识字，课余时间，还经常帮她梳辫子。小红鞋、

马尾辫，笑容始终洋溢在脸上。"她帮我扎辫子的时候，那种威严感瞬间就没有了，但是有一股暖流涌上心头，像是妈妈呵护自己的孩子一样的温暖，至今觉得那是我最快乐的时光。"三年级的时候，琦晶转学到另一所小学就读，至此也未再见到那位老师。虽然三十年未能再次重逢，但却常常惦记，她也一直在寻找那位老师，不知道她现在过得怎样？"虽然她只教我一学年，但对我的影响是终生的，所以在日常工作中，她的行为常常提示我，要多给学生一些关怀。"

李老师从事中学物理教学工作，单身姑娘。因为工作变动，要到另外一所学校。当她为班级学生上完最后一节课，告别时，学生们不约而同陪她一路走到校门口，并送给她一份礼物，礼物是用平时李老师签到的签名组成"女王"两个字，背面上还写有"早日成家"的祝福语。这是学生对她的肯定，是学生对她的眷恋，也是她为自己拼来的沉甸甸的纪念。

一日为师，终生为师。虽然有的老师功名显赫，官衔越来越高，但他依然习惯我们尊称他为老师，不喜欢其他的"头衔"，每次聚会，也从未缺席。有一次聚会即将结束时，有位女老师眼含泪花，与大家紧紧拥抱在一起："我希望来世再当你们的老师。"学生们紧接着回答："我们希望来世再当您的学生。"

德国哲学家雅斯贝尔斯说过："教育意味着一棵树摇动另一棵树，一朵云推动另一朵云，一个灵魂唤醒另一个灵魂。"

学为人师，行为世范，或许这就是传承的力量！

▋无梦徽州

　　贫穷落后是安徽给我最初的印象，每当提及安徽，便联想起朱元璋和每年春节一拨又一拨的乞讨者，然而，三天的徽州之行，渐渐地改变了我之前的偏见。

　　都说"黄山归来不看山"，满怀期待乘坐动车前往黄山。天公不作美，下起了大雨，看不见山，看不见树，也看不见路，只能跟着导游去散步。心想这回是兴致而来，遗憾而归。可是当我们爬到西海大峡谷时，天突然放晴了。晨曦斜照在露珠上，晶莹剔透，微风携来花香和清脆鸟鸣，迷雾漫半山，若隐若现，犹如一张水墨画呈现在眼前，有一种静谧的唯美，见到此景，难怪汤显祖也会发出感叹："一生痴绝处，无梦到徽州。"

我们迅速拿出手机，按下快门，以示"到此一游"。然而，山上天气多变，很快又下起了小雨。原来是在山中，转身一变是置身"云海"，前后就十分钟时间，眼前又是一片迷雾，我们却没有因此感到失望，因为我们看到黄山最美的一面，哪怕时间那么短暂，"天空不留下痕迹，但鸟已飞过"。

　　在爬山途中，不时地会碰到挑夫，一件蓝色的小背心，一副载满货物的扁担，一根架着扁担的木杖，一条毛巾随意搭在肩上，躬身走在黄山弯曲绵延的山道上。这让我想起了一个邻居，他曾经也是一个挑夫。

　　在老家的后山上还有一个村，人口两千多。当年由于没有通公路，村民所需物品都只靠肩膀挑。他有三个儿子，然而没有手艺，也没有地方打工，只能靠出卖体力，赚点生活费，而且是家里唯一的收入来源。他身子偏瘦，但是肩膀够有力，可以挑一百多斤货物。

• 无梦徽州 •

因此山上有需要挑货物的，都会找到他。他每次都会完好地把货物安全送到客户手中。他经常穿一双简易的自制"凉鞋"，剪一块自行车轮胎皮作鞋底，用两条绳子一绑，那样轻便，又耐用。有一次，他脱下凉鞋，在小溪里洗脚，看到他脚底都磨出一层厚厚的茧，几个脚指头都有不同程度的开裂，那双轮胎鞋也被磨出凹面。虽然每天要爬近三小时的山路，挥汗如雨，但从未抱怨，也从未给自己买过一双像样的鞋。就这样，用肩膀把这个家撑起来，渐渐地把三个儿子拉扯长大。

如今他依然寡言，每天忙碌于家与他的天地之间。因此看到眼前的挑夫，不由地萌生崇敬之情。我刻意走近，能够清晰听到他们的喘气声，一道道汗珠顺着布满皱纹的额头往脸颊流，湿透衣背。稍息片刻，他们继续往上负重前行。此时此刻，他们只能往前，即使面对的是一座又一座的大山，因为他挑起的或许是一家人的重担，没有退路。

下山之后，我们来到宏村参观。没有"野导游"，没有汽车喇叭声，也没有商贩们追着你满街买东西。在这里可以深切感受到民风谦和，环境安详，布局合理，静如止水。

这里的建筑设计理念，更是令人叹为观止。其中有一块屏风让我印象深刻，木制屏风正中间是一块砚台，而周围是冰裂状，寓意是"寒窗苦读"。徽商和晋商、潮商是中国古代三大著名商帮。他们功成名就，衣锦还乡，修宗祠，建学校。家风严谨，崇德重教。礼、义、仁、智、信等优秀传统文化镌刻在徽派建筑每一处细节上，入门、天井、阁楼……徽州文化底蕴深厚，韵味绵长。回想当今各地新农村建设，房子越建越高，房间越来越大，然而曾经的优秀传统文化却随着时间推移而被淹没。就像曾经作为古代四大重要职业"渔耕樵读"被雕刻房屋脊柱上，如今却被视为穷开心"渔夫、农夫、樵夫和书生"。再细细品味雕刻在墙上的一副副对联："淡泊明志，清白传家""会心今古今，放眼天地宽""屋小仅能容膝，楼高却可摘星"。回望现在的高楼大厦，门楣上不是"财源滚滚"就是"大展宏图"。

告别黄山，告别徽州。一张张房地产巨幅广告又开始映入眼帘，望着车窗外一栋栋钢筋混凝土建筑，联想起了孔尚任的一句话："眼看他起高楼，眼看他宴宾客，眼看他楼塌了。"

你的十年 我的一生

　　我怕狗，是怕它刻意亲近你，突然冷不丁咬你一口。都说狗是人类最忠实的伙伴，但我对它不感兴趣，始终觉得它是畜牲，不懂事，所以只能望而远之。

　　我对狗的态度的改观，是缘于朋友养的一条狗，给它取名叫"拉菲"。"拉菲"很聪明，主人喊"敬礼"，它便会抬起右脚，主人喊"起立"，它便会两脚并拢直立，憨态可掬。旁人也试着喊口令，可是"拉菲"不听指挥。它只听命于一个人，就是它的主人。有人说一只狗带给人的最大的快乐就是，当你对它装疯的时候，它不会取笑你，反而会跟你一起疯。看来确实如此。如今"拉菲"已成为我朋友生活中不可或缺的一部分，对狗的照顾比对人还更贴心细心，洗澡，喂饭，一起玩耍，一起度过每一天。

据研究，狗的寿命平均为 12 岁左右，然而并非所有的狗都能实现寿终正寝。一个朋友是搞高速公路工程建设，有二十几个施工班组，分别负责不同的路段，每个路段工期为一至两年。因为工地主要分布在偏僻山区，为了工地安全，每个班组都会养一条狗来守门。他这几年观察发现，往往路段施工的结束，也意味狗命的终结。

由于班组主要是外来工零散构成，工地一完工，工人们就会撤走，狗的看护使命也宣告完成，成了工

人们的盘中餐。因此工程多延期一天，狗就能多活一天。为此朋友于心不忍地感叹："我们的喜庆时刻，却是狗的灾难日。"

然而，有一条狗，九死一生，躲过多次劫难。有一年春节，班组准备把狗杀了过节。那条狗像是能预知自己的末日一样，纵身一跃，慌忙地冲到山林。工人们四处寻找，都没有它的踪迹。大家也并不因为丢了一条狗而伤心，用它时视为宝，弃它时是根草，何况只是一条狗。

令工友们没有料到的是，春节过完，这条狗，突然跑回工地，瘦骨嶙峋。连着几天，趴在地上，都没有进食，浑身发抖，流着泪。它与死神擦肩而过，虽然它不知道哪天会死去，不知道工友们什么时候再盯上它，但是它依然拖着疲惫不堪的身躯继续行使它的使命，守候这里的每一寸土地，守候着这里的安宁。

不久，工地完工，在工人们眼里狗也就没有存在的价值了，工人们心想这次一定不能让它跑掉。第二天，正准备杀狗的时候，突然发现狗又不见了。工人们无不感叹，这狗太神奇了，于是大家一致决定，这条狗不能杀。第三天，那条狗莫名地跑回来。它再一次从刀下逃过一劫。历经磨难，却能转危为安，并不是工人下手不够狠，也不是它跑得有多快，也许忠诚才是它唯一的护身符。

大难不死，必有后福，望着如此有灵性的狗，我朋友决定收养它。也许主人的心灵才是埋葬爱犬最好的墓地。

后来工人们都离开了，工棚也拆了。朋友最后把狗抱走，放在车后备厢。开了有七八公里的路程。朋友想下车休息一会儿，也让狗透透气。刚打开车后备厢，狗立即敏锐地跳了下来，迅速逃离。同行的人都认为这次狗是真丢了，我朋友却坚定地说他知道狗会跑向何方。

他们开车返回工地，站在远处，望见狗趴在一片废墟上。

罗曼·罗兰说："当我与越多的人打交道，我就越喜欢狗。"你有同感吗？

▎村里的单身汉

　　他说他有女朋友了，可是村里人总是断定他在吹牛。事实也是如此，今年，他都 45 岁了，依然单身。

　　他叫阿明，上个世纪九十年代，村里人一拥而上，集聚广东炸油条，阿明加入第一批行列。每年我只有春节时见到他，他的着装非常抢眼，黑色西装搭白色运动鞋，白色西服配黑色运动鞋，绿色军装配白色裤子，系红色领带，常常令人联想起东北二人转"赵四"的造型。

　　由于生意惨淡，几个春节阿明都没有买新衣服，当然也看不到他身穿的"彩虹色"。再后来的春节，他的衣服出现修修补补，邻居们见此，也会拿几件旧衣服送给他。

广东回来后，阿明拉起了人力三轮车，然而年纪比他大得多的车夫一天可以赚几十上百元，而阿明一天仅赚几元钱。后来得知，村里的老人，他不收钱，自己认识的朋友他不好意思收钱，于是，耗费了一天苦力，全当义务工。眼看赚不到钱，阿明把三轮车都卖掉了。

后来，阿明到建筑工地打工。可是每当到领工资时，村里的不少人都会争着帮他介绍女朋友，于是吃吃喝喝，消费一个晚上，工资就打了水漂。有时望着他黝黑的皮肤，看着他吃的米饭拌酱油，我们都于心不忍。然而即便生活如此拮据，食不果腹，每到春节，阿明都会给村里的长辈拜寿，抬去的鞭炮，要比有钱人的更大。

有人议论说他有精神障碍，有人觉得他不入流，望而远之。不过阿明走在村里，即使大老远，也有不少人会主动跟他打招呼，把口袋里最好的烟递给他抽。

听朋友说，今年春节阿明的母亲六十大寿，他说他会登门拜寿，不是冲着阿明有个有钱的哥哥，而是因为阿明，一个单身汉，一个连衣服都买不起的单身汉。

你可以征服心中所有的向往，可是买不来别人对你的仰望，因为你活在你的心中，而他活在大家的心中。

▌老逵泰然

今天想写一个人，但不知该如何说起，他不是明星，不是知名企业家，也不是公众人物，他真的很平凡，但似乎又像是一座标杆，令人敬仰。

他戴着一副眼镜，颇具学者风范。平时自嘲为"老逵"，我想待他退休后可称"逵老"。

那天，他在朋友圈开玩笑说能否写篇"老逵泰然"，我回："馨竹难书。"他说："竹子我自己砍。"我相信他能做得到，因为这是他的特长，当年他大学学的正是果树专业。

几年来，我们见面不多，联系不断。他经常会冒出"名言警句"："恭敬待人，庄严自己""有意练功，无意成功""年青时，努力扩展优点，年长时，尽量弥补缺点"……

其中有两句话,我常常思索,咀嚼其中的内涵:"领先半步是先进,领先一步是先烈""你对领导的价值不是现在能做什么,而是今后你能做什么"。感悟不是信手拈来,而是阅历,是视野,更是一种智慧。

老逵较少参加公务接待,平时下班回家,先是散步滨江公园,然后回家打八十分。他说特别喜欢"泰"字,学的又是农业,于是给自己取了个QQ网名叫"泰土",后来觉得还不够土,于是改成了"泰垚"。他的QQ是专门用来打八十分的。打牌能反映一个人的性格,老逵沉着、善谋、谨慎,因此战况一直不错,在几年前已有几万积分。

老逵的生活是简单的,老逵的日子是幸福的,按他自己说法是"每天走走锻炼,随处拍些照片,日子淡淡慢慢,事事处之泰然"。也是,女儿北大研究生,女婿清华研究生,完全是"高富帅"与"白富美"的天作之合,他已感知足。今年老逵生日那天,女婿送了他一份价值不菲的礼物,令他开心的还有在朋友圈收到了几百个"赞",在他看来这是无价之宝,倍感珍惜。素来不显不争,任尔春雨秋风,心存田园之梦,

静静渡过余生。这是他的向往。

老逵说作为一个父亲，既要顶天立地，也要风趣幽默，他其实就是这样的一个人。出得了厅堂，下得了厨房，闲暇之余，会做几个好菜，最为拿手的是萝卜炖肉。偶尔还会飙下歌，日语歌要唱得比中文歌好，一首《北国之春》一直回荡耳边。

老逵真正让我发自内心感到敬佩的不是他的才华，不是他的成功，而是他身上展现的一种担当，一种作为儿子的担当。他母亲已离世42年，对他来说这是永远的痛。在他母亲的坟前有一棵树，一年年长大，如今枝繁叶茂，每次扫墓老逵都会来看看这棵树，仿佛母亲还在，在与母亲对话。

老父亲几年前中风，现在每天都要服药，老逵每个星期五晚上必定回乡下与老父亲相聚，然后第二天再回到城里，这已经坚持多年了。平时老逵也会带着老父亲到村里转转，与他说说村里的人和事，让父亲重新找回曾经的记忆。与老人一起吃饭，与老人一起种菜，与老人一起泡茶，正如有句话所言，"你养我长大，我陪你到老"。我曾经问他，你每周这样跑不累吗？你老婆不会埋怨吗？他说这是一种担当，一种责任，也是一种感恩，无关他人。

　　写到这，我又联想起老逯自己的"名言"："父亲用那张沧桑的老脸换回儿子站立的机会，那是多么厚重的爱。"

▋青藤之恋

国庆期间，到厦门出差，沿途只见满目疮痍，行道树东倒西歪，工厂厂房一片狼藉，玻璃幕墙尽遭摧毁。台风"莫兰蒂"成为厦门挥之不去的梦魇。

车行至中山路附近，有一处古厝吸引了我的注意。环绕古厝周边的大树拦腰折断，满地枯枝散叶，而古厝完好无损。同行的人无不惊叹古厝的韧性。

古厝被一层厚厚的青藤裹着，只露出一扇窗户和一面白墙。它就像一位垂钓老者，任凭狂涛骇浪，依然不慌不忙，静观潮起潮落。

台风能把铁皮撕开，台风能把树连根拔起，台风能把直冲云霄的高楼刮得七零八落，为何台风刮不倒一栋老宅？

细细回想，只有青藤才能给出答案。在大树面前，它从来不会进入人的眼帘，在红花面前，它绽放不出芬芳。它没有骄傲的容颜，它没有诱人的身姿，它唯有默默地沿着岁月的残墙，静静爬行，深深扎根。

　　直到有一天，青藤爬满屋子的每个角落，彼此相连，彼此相依，我中有你，你中有我，一同守护着老宅的每一天。

　　青藤与屋子一起经历风雨，一起见证，一起变老。虽然它最终也会死去，但它的身躯依然会定格在那一刻，这是对土的眷恋，更是对老宅的承诺。"树死藤生缠到老，树生藤死死要缠。"这是它的归宿，这也是它的伟大。

　　"木秀于林，风必摧之"，有时候当一棵生长墙角的青藤，或许也是另一番景致。

▌困　顿

　　国庆期间，在厦门叫了滴滴顺风车返程。接单的小张今年 22 岁，自己通过贷款买了部现代牌轿车，那天是他第一天出来拉客。虽说是拼车，车上乘客也就我一个人。

　　在闲聊中得知，小张是仙游大济镇人，父母原先在广西开馒头店。每天半夜十二点开始加工，做到第二天早上八点，才收摊休息，过的完全是黑白颠倒的日子。

　　小张初中毕业后，曾到父母的馒头店里帮忙一段时间。后来，仙游红木产业兴起，一家人关掉广西的店铺，回来搞红木工艺品，没想到红木行情大跌，几十万元的积蓄，打了水漂。于是，父母不得不辗转苏州继续做馒头，小张也跟着过去。不久，小张结婚，最近生了个女儿，老婆正在老家坐月子。

在回来途中，小张不时地接到老婆打来的电话，询问车开到哪里了，并频频叮嘱他要注意安全。

小张感慨说没想到开滴滴也很累，那天下午他已经跑了四个小时，傍晚，在厦门街头就吃了一碗稀饭。厦门的夜色很美，然而他无心留恋，要赶着回去，家里的老婆孩子还在等着他。

"还好国庆免收过路费，不然只载一个人，白跑了。"小张说等孩子满月，准备一家人再去苏州做馒头。

晚上十一点三十分，我下了车，望着远去的背影，不知小张还要穿过多少黑夜，才能到家？

█一块方糕

几天前,在老家啃了一块方糕,带点余温,嚼劲足,甜度适宜。想起,已近三十年没有品尝到这种传统口味的糕点。随即,拿出手机拍照留念。

昨晚在清理手机,方糕包装简陋,难当大雅,正想删除照片。然而,望着它,心绪难平,让我回想起曾经的味道,回想起一个故人,一个一生只见三次面却又刻骨铭心的故人。

或许,删不掉的不是那块小小的方糕,而是那份承载三十年的记忆。

他叫明通,在我看来,他是家父唯一的好友。家父不善言谈,不善交际,不羡慕他人,也不被人羡慕,常常教导我要待人以诚,不恋身外之物。在与世无争中度过余生。

村支书多次在闲谈中告诉我，在村里他只愿给家父递烟，因为在他看来家父为人正直，凡事始终立足公心。

我常常思索，家父给我的性格造成了哪些影响，或者为我留下哪些资产。现在想来，如果有，或许就是他身上展现的那些若有若无、深深浅浅的影子。

我第一次见到明通，是家父带我一起登门。在一间狭小昏暗的房间里，明通坐在床头，家父坐在一张竹椅上，身子往前倾，我坐在一旁的小方凳。

后来，明通起身塞给我一块方糕，方糕的主要原料是大米、糯米和花生，外层裹着一层薄纸。当时一块方糕卖一毛钱，但对我来说已算是无比珍贵的零食。

我接过方糕，专注地吃。无意中发现，他们烟一根接着一根，却没有开口说话。深吸，抖烟，吐烟。我不知道为何两个坚毅的男人坐在一起，却相对无言。待方糕吃完，两人依然无言。

后来，因为上学、工作原因，也觉得是长辈之间的交往，不便参与，于是，与他很少相见。

直到有一次，在村口偶遇，迎面走来，他急忙从

侧边口袋掏出一包烟，包装明显褶皱、弯曲，艰难地抽出两根，我婉拒，随即我从包里拿出一包刚参加婚宴发的烟塞给他，我说我不抽烟，你留着。

寒暄几句，转身离开。这是我第二次见到明通，他头发白了，人变得更加瘦弱，望着他远去的背影，想起了他曾经请我吃的那块方糕。

我第三次见到明通，是在医院里。得知他肺积水住院，我前往探望。见我过来，他儿子把病床摇起。因为身子过弱，他已不能开口说话，但他眼里已布满泪花。

看到躺在病床上的他，我又想起了他请我吃的那块方糕。那时，我很想告诉他，那块方糕给我所带来的甜蜜，给我带来的回忆，给我带来的力量。但我觉得他太累了，欲言又止。然而，一丝的犹豫，竟给我留下永远的悔恨。因为，他从此再也听不到我讲方糕的往事。

斯人已逝，方糕的情谊却还在延续，两家人还会彼此分享各自的美好。我时常深究明通为何会是家父唯一的、最要好的朋友。后来，家父告诉我，当年我刚出生的时候，家境贫寒，那年春节，是明通送来了一斤糖。那个春节过得很苦，也很甜。

何为故交，何为知己，维系之间情感的是名利还是诺言？或许抵不过一块小小的方糕和那个彼此凝望的眼神。

深秋，窗外桂花飘香，鸟儿归巢私语，不恋牡丹玫瑰。一块方糕，一杯清茶，致谢曾经给予的雨露滋养。

▌回望之旅

　　宁德，近年来成为一片旅游热土。霞浦海鲜、古田水蜜桃、福安葡萄、寿宁地瓜扣……无不令人回味无穷。

　　虽然多次出差宁德，但是我始终未能一睹宁德的景色。这次和三位网络大咖一起参加"清新福建　自在宁德"体验采风活动，第二站是屏南的鸳鸯溪。提到鸳鸯溪，便即刻联想起了一句话"只羡鸳鸯不羡仙"，不知是否景如其名？

　　进入景区大门，发现游客稀少，我们着实享受的是"包场"待遇。天空碧蓝，桂花飘香，深呼吸，沁人心脾。漫步在绿荫丛中，听到只有阵阵鸟鸣和自己的脚步声。

走走停停，拍照留念，行至一处分叉路口时，陪同参观的景区经理说，有恐高的向左走，没有恐高的向右走。几位大咖果断选择向右走，只有我还在犹豫，应该往哪个方向走。思索再三，我还是选择向左走，因为往常只要站在高处，我的脚就会发软。随后经理的一句"其实不会很高"，我突然猛增了勇气，随即折返跟他们一起向右走。向左走还是向右走，有时真的只在一念之间，或许因为一个眼神，或许因为一句话，便能改变方向，而这个方向听从的其实是自己的内心。

　　栈道悬靠在垂直的岩壁上，我一只手紧抓扶栏，另一只附着在岩壁上，慢慢往前挪，偶尔偷瞄右侧的"万丈深渊"。远处云雾缭绕，瀑布从半山倾泻而下，山谷蜿蜒，一条溪涧，碧绿如翡翠，犹如山水画卷呈现眼前。于是我想，如果我选择了另一条路，就看不到最美的风景，只是美好的诱惑同样相伴着危险。

　　因为岩壁不平整，所以栈道有窄有宽，遇到窄的地方，只能侧身而过，有的路段只能弯腰前行，不禁感叹"此道堪比蜀道难"。歇息片刻，我拿出手机，在朋友圈发了感慨："悬崖峭壁，深沟险壑，畏惧不前，唯有闭着眼睛前行。"虽然充满恐惧，充满未知，

生活中有些路不得不走。当只能选择往前时，该低头时要懂得弯腰；该侧身时，就应该知道避让，否则只会撞得头破血流，甚至掉进深谷。一段难走的栈道，我在忐忑不安中艰难地把它走完。

经过栈道之后，路边的一块指示牌异常醒目，上面写着"未到谷底　枉游此行"。通常名山大川都是鼓励游客登高望远，才能有一览众山小之感。第一次见到引导人们往低处行的提醒，深感韵味绵长。难道山下真的有惊喜？我们一众人都带着深深期待。

到了山脚下，"哗啦啦"的流水声越来越清晰，渐渐走近，只见"小壶口瀑布"气势磅礴，一道彩虹横跨山间，百丈飞瀑从天而降，蔚为壮观。身在低处，却能望见蓝天白云、彩虹飞瀑、碧水红叶，看似很远，却近在咫尺。

很多时候，为了目睹更美的景致，追求更高、更远的目标，我们不断往上爬，爬得越高，越觉得力不从心。有时虽萌生退缩念头，只是已经陷入能上不能下的境地。高空终究是鹰的领地，而我们只要愿意俯身下来也能感知蚂蚁的力量。

鸳鸯溪之行即将结束，我们走向出口处，这时一块岩石上的几株不知名的小草，吸引我的目光。名花、奇石、珍禽都是游人关注的焦点，纷纷驻足留念。只有这几株孤独的小草从未得到他人的怜悯。无论怎么努力，都未能博取你的一笑，甚至你无意的一口唾沫，便能摧残它短暂的一生。小草注定不是别人眼中的风景，但它不愿活在别人的眼中，而是活在自己的心中，于是以岩石为沃土，以点滴山泉为滋养，极力生长，郁郁葱葱。

我依依不舍地离开了鸳鸯溪，依依不舍地告别了我最牵挂的那几株小草，不知何时还能有人记住它的容颜？

鸳鸯溪有多美，让更多的旅行家去述言，对我来说鸳鸯溪之行是一次静心之旅，更是一次回望之旅。

坐在车上，我问经理说，鸳鸯溪有如此奇景，为何愿意屈身一个"溪"，名字可以大气点，比如什么峡谷，什么名山，这样才能对得起自己的身份与实力，他答道：鸳鸯溪就是一条溪。以至让我想起此前在极乐寺看到的一副对联："一粒米中藏世界，一锅水里煮乾坤。"你觉得呢？

▌孤独的小熊

　　此次，参加"寻味宁德"采风活动，我跟三位网络大咖分在一组。彼此从未谋面，也素不相识。根据约定，我们在古田动车站汇合。

　　当三位大咖来到我面前时，为之一惊，因为里面有一位居然是个大姐。在网络空间里，我们常常被柔美的网名所吸引，总是在极力想象对方的性别和容貌，内心在盼望与你聊天的那一端是个高富帅，或者白富美，但事实是个大姐。

　　之后，我们互加微信，得知她的网名叫银杏，来自黑龙江。我一直以为只有年轻人才会热衷于网络，热衷于玩"论坛"，没想到十几年前，大姐就已是天涯网络的版主，粉丝近十万，有极强的号召力，这次

也是我们这个队的队长。

　　在途中，我们交流并不多。她每次到达一个景点后，背包放在车里，她只会带上相机和一只小熊玩偶，然后，不停地为小熊拍照，而她很少给自己拍照。我走近问她："你出行是不是喜欢带上这只小熊？""小熊估计是看我一个人孤独吧，就跟我一起出来，把它放在家里，我也觉得它会孤独，于是就一起出来。"大姐一边接我的话，一边用手细心地整理小熊身上的绒毛，那么认真，那么投入。

　　大姐上个世纪五十年代出生，现已退休，女儿在北京工作。退休后，当了几年的旅游体验师，而每次出行都会带上小熊。有一回，小熊丢了，她特地折返，花了六个小时的时间才找到。"小熊跟我六七年了，到过漠河，也到过西沙，离开它就睡得不踏实。"朋友都说如果丢了再买一只，何必在意，但她说这只小熊不一样，因为小熊身上有着她的温度。

　　后来，我们来到白水洋，我以为会弄湿小熊，应该不会带下来，没想到，大姐依然紧抱小熊，走到溪的中间，一只手拿相机，一只手捧着小熊，为它拍照。她这是给小熊留念，也是在给自己留念。"如果有一天，我不在了，我女儿会照顾她自己，而小熊会由谁来照顾它，每当想起，我就会很难过。"

去年，大姐在海南租了一套房子，每个月房租2500元，她说在海南的东北人现在太多了，甚为嘈杂，于是回到黑龙江，时不时地一个人出来旅行，"每一天都应当快乐一点，过的简单，不要太多杂念"。

要么读书，要么旅行，只是不知又有多少人能够坦荡行走在追寻梦想的路上。"一个人需要隐藏多少秘密，才能巧妙地度过一生，这佛光闪闪的高原，三步两步便是天堂，却仍有那么多人，因心事过重而走不动。"

或许有时候真应该换个活法，正如美国作家梭罗所提倡的那样："我愿意深深地扎入生活，吮尽生活的骨髓，过得扎实，简单。把一切不属于生活的内容剔除得干净利落，把生活逼到绝处，用最基本的形式，简单，简单，再简单。"

我们以后也会老去，我们以后也会面对一个人的生活，不知我们能否拥有大姐那样的简单，不知我们能否拥有那只孤独的小熊。

▌让 行

中午，西浦餐馆的服务员给我们上了一道当地特色菜，其实盘里装的就是一个猪嘴巴，然而这道菜却有个大气的名字"有头有脸"。之所以有这样的底气，是因为只有两千多人口的西浦村，出了一个状元，十八个进士，号称千年名村。

站在西浦村口，千年古樟犹如一个天然画框，湛蓝的天空下白云飘荡，放眼望去满眼葱翠。潺潺流水穿过白墙黑瓦间，小男孩手持一朵红花欢快地跑过青石桥，微风携来金桂淡淡的花香，掠过长满青苔的鲤鱼溪，亲吻斜靠在藤椅上悠闲的长者，绕过元朝壁画、明朝冯梦龙遗迹、清朝石牌坊，直达我们的心田，弥漫在古老村庄。难以想象，在一个交通闭塞，经济并不发达的寿宁，却有如此深厚的底蕴，令人惊讶，令人惊叹！

寿宁有着廊桥之乡的美誉，不少还是国家级重点保护文物，然而在西浦村，令我最难忘的是"琴桥"。所谓"琴桥"就是溪面上如琴键一样的石头桥，只能容一人而过。

我们一行人相继踏上琴桥，当我走到溪中间时，心中萌生疑问，如果遇到溪对面也走过来一个人怎么办？是僵持在溪中间，一起掉进水里？还是让行？如果想让行该怎么让？原来在"琴键"旁边还有一更短更低的"琴键"，让行的人就站在短小的"琴键"上，这样彼此都能顺利通过。年轻的给长者让行，男人为女人让行，大人为小孩让行。虽然站的位置更低，却能得到更多的人尊重。在我们的前行途中，总会遇到难走的路，总会遇到过不去的砍，当我们在给别人让路的时候，其实也是在给自己让路。"琴桥"很短，却那么悠远。

清朝诗人张灿曾写过一首诗："琴棋书画诗酒花，当年样样不离它。如今七样皆更改，柴米油盐酱醋茶。"这是社会的改变，也是人心的改变。

站在鲤鱼溪旁，望着不停旋转的水车，仿佛觉得我们的千年文脉从未干涸。

▌一碗粥的距离

这几天降温幅度大，到了傍晚显得格外寒冷。

阿梅下班刚到家，她的叔叔就端来了一碗热腾腾的虾仁粥，并嘱咐阿梅要赶紧趁热吃。随后，阿梅便叫上在一旁玩耍的儿子一起吃。

阿梅说三十多年来，她叔叔见证了她的成长，从学习、工作、成家都得到叔叔的倾心关怀和帮助，能拥有这份血浓于水的至亲至爱，阿梅深感欣慰和幸福。

如今叔侄俩又同住一个小区，不离不弃，犹如一家。一碗粥温暖了一代又一代人，一碗粥温暖了一生的记忆。

然而，并不是所有人，在寒冷的冬夜都能享用一份热粥。小敏今年十三岁，念初中。

不久前，因为胃出血住院治疗。父母在外省做馒头生意，只有近 七十岁的爷爷在医院陪护。白天爷爷还要到田里干农活，每次三餐时间到了，爷爷才提着饭菜过来。

在治疗期间，每当一瓶点滴挂完，都是由同个病房的家属帮忙通知护士。上洗手间，也是小敏自己一人提着吊瓶上厕所。

有一天早上，小敏的爷爷提着油条和粽子来到病房，准备给小敏当早餐。正好在隔壁床陪护的家属有点医学常识，告诉爷孙俩说胃出血尚在治疗，不能吃不易消化的食品，否则很容易引起再出血。正当爷爷准备转身回家去打饭时，那位家属便把自己带来的稀粥端给小敏。爷爷因为自己的无知，坐在病床旁深深自责。

由于小敏左手臂还在挂点滴，不好动弹，只好把碗放在托板上，用右手吃饭。小敏一边嘴里含着饭，一边不时地抬头望着爷爷，眼泪禁不住掉了下来，落在碗里。那时，在想小敏咽下的那碗粥会是什么味道？是无味，是苦涩，还是思念？

　　几天后，小敏顺利出院，爷孙俩手牵着手，离开病房。一阵风吹来，病房门楣上的半张福字随风摇曳。

　　眼下，春节已过，不少人纷纷开始踏上追逐梦想的旅程，不得不再次把老人和孩子留在令他们深深眷恋的故土。他们心中有不舍，他们心中有牵挂，只是不知何时才能品尝到那一份热气腾腾的粥。

福不可享尽 ▋

　　前段时间，出差某地。当天晚上用餐后，走出酒店门口。这时遇到一个满身酒气的中年男子，手足舞蹈，对着前面的车辆大喊："一部破车还要占位置，赶紧挪开。"紧接着，对着酒店保安发飙。我仔细打量，原来该男子开的是一部劳斯莱斯。随后，该男子转身去打开车门。小心翼翼地把车上的人请了下来。出于好奇，我很想知道到底车上坐的是什么样的土豪，于是驻足留意。没想到，一下车，竟彼此相识。寒暄几句，他还热情地说叫司机送我们。我们还是觉得滴滴比较方便，被我们婉拒。

　　这次经历，不由得，令我想起一位厅级老干部。他每次上下班回家，都会叫司机在离家200米处停下，

然后自己走路回家。有时一只手提着公文包，一只手拎着菜，也是照例吩咐司机停在那里。很多邻居不理解，但也不敢打听缘由。

有一次餐叙，我问他为何每次都不把车直接开回家？他却向我道了一段意味深长的话，他说走路的那段距离，其实最能看清邻里的眼神和表情，才能懂得他在大家心中的形象。有时候，该走路的时候，要走一段路，该辛苦时得辛苦，切不可把福享尽。

听罢，不由赞赏老干部深谙曾国藩之道："有福不可享尽，有势不可使尽。"我决定，今天走路回家。

石圳之约█

　　到过政和之后，终于走遍了福建所有的县区。领略过众多山山水水，也品尝过不少地道美食。每一次出行，无不留下一段美好记忆。

　　宋徽宗不仅会写字，他也爱茶，觉得政和白茶不错，于是就御赐"政和"。为此，政和成为因茶得名第一县。

　　以往因为交通闭塞，总是极力避免前往政和出差。所以对政和的最初印象，也仅仅停留在"白茶"和"偏僻"。直到踏进石圳湾那一刻起，我才深切感受到政和并非想象中的模样。

　　云雾绕半山，白鹭比翼飞。此时的石圳，古朴而静谧。夕阳余晖，斜照着幽深的陌巷。走走停停，饮一瓢山泉，闻农家饭香，残垣断壁，枯草新绿，感受

荒芜之美。

独自一人闲坐在古宅前,手捧一杯白茶,望着缓缓落下的银杏,思绪似乎飘到遥远的从前,一幕幕场景在脑中清晰呈现:宋徽宗飘逸的瘦金体、"莫等闲,白了少年头,空悲切"的惆怅、抗金名将宗泽临死前"三呼过河"的壮烈。

这时,有个人挑着一担柴火从我眼前经过,扁担压得弯弯的,赤脚踩着发亮的鹅卵石上。这条路,不知他走了多少年,不知他走了多少遍。也许,此时他心爱的人正站在门口,拿着毛巾即将为他擦去脸上的汗水。也许他的孩子,早已端着一碗松软的米饭,盼他早日归来。而他深知挑起的是一家人的重任,和对未来的希望,于是无心留意身边的风景,只能埋头往前。

走着走着,我遇见一棵千年紫薇和一棵千年古樟,不由得感叹它们的生命力。那么远,又那么近,一条窄窄的小溪,流淌着彼此绵绵思念。

多少个王朝,多少个辉煌,瞬间轰然坍塌,而它们依然静静地矗在那里,彼此相望,无语,却是最深情的对白。我用我的绽放为你守候每个约定,而我愿意用我的翠色装扮你的容颜,即使干涸的只剩下躯干,也依然成为你最后的倚靠。植物尚能如此缠绵，而为何我们不能如此坚定？感受石圳，实乃静心之旅，回望之旅。

走出村口，看见柿子红了，不知是酸还是甜？

▍幸福的小鸟

　　清晨，窗外响起阵阵清脆鸟鸣，伴随着潺潺流水。推开窗户，清风携来淡淡桂花香。远处，一条黄狗迅速奔向小溪对岸，匍匐岸边，注视前方。

　　戴着斗笠的渔夫不停地撒网，收网。平静的湖面被竹排划出一道道涟漪，慢慢消散。不知道，渔夫今天收成如何？明天是否还有鱼？

　　薄雾如纱，小桥、流水、渔夫、水车……陶渊明笔下的世外桃源景象似乎呈现眼前，怎能不叫人留恋？

　　漫步屋后，我发现一棵只剩枝干的梅树上有个鸟巢，几只小鸟矗立枝头，悦耳的鸟鸣此起彼伏。

　　我在想，花园内，有樟树，有桂树，有枫叶，有柚子树，而且大都枝繁叶茂，小鸟为何偏偏选择筑在没有树叶遮挡的梅树上？既没有樟树的高大，也没有桂花的淡雅。我不由得萌生起对小鸟未来的忧虑，起风了怎么办，下雨了怎么办。心中不解。

这时正在打扫院落的老哥说，他有时一天要清理三次落叶。

也是，即使曾经灿烂无比，终归化作春泥。反而梅树密密麻麻，加上梅枝韧劲，无形中成为一道安全网，难以触及。也由此想起了宋元丰三年，苏东坡被贬黄州途中所写的《梅花》："春来幽谷水潺潺，的皪梅花草棘间。一夜东风吹石裂，半随飞雪度关山。"梅花品格坚贞，傲立荒谷，顽强生长；尽管遭到打击，枝损花飞，但仍然半守残枝。

看来，所有的绽放，都不及在风雨飘摇中享受那份安宁与踏实来得重要。这也许是小鸟的选择，也是小鸟的幸福。

▌茫然的 2017

　　脚步，从来没有像今年这样沉重；记忆，也从来没有像今年这样锥心。在即将走过的 2017，时感因虚度而陷入恐慌，时感因恐慌而陷入茫然。

　　去年 12 月 15 日，站在政和石圳湾，火红的柿子挂满枝头，吸附着对根的眷恋，成为别人心中仰望的风景。同样的冬天，同样的柿子。今年 12 月 15 日，站在永泰春光村，一个个柿子已被晾晒在晒谷场。不再通透，少了年华，随着水分流失，最终成为一块块充满褶皱的柿子饼。是甜还是涩？或许味道远不止这些。

　　"一个人需要隐藏多少秘密，才能巧妙地度过一生，在这佛光闪闪的高原，三步两步便是天堂，却仍有那么多人，因心事过重而走不动。"这是仓央嘉措之问，这也是我的 2017 之问，你是否同样如此？

前行途中，有的人会在念念不忘中被遗忘，有的人会陪你闯过一个又一个关口。庆幸，我所遇见之美好。有的人给你笑容，有的人给你希望，有的人给你力量。

与众多才子佳人相处，即使是严肃的场面，都会整成跟文艺汇演一样，笑声不断。

那天，从永泰到东山途中，来自甘肃的赵姐提议，为了活跃气氛，不至于旅途枯燥，建议大家在车上进行才艺展示。简单介绍后，坐在后排的来自某著名网站总编王总接过话筒，开口即说："我是一个有故事的人。"即刻引起哄堂大笑。

正当大家都在臆想他的风花雪月之事时。他毫无避讳地透露："我换过三次肝，第一次没有成功，第二次也没有成功，第三次，居然成功了，还生了个女儿。"顿时，车里陷入沉寂。

我迅速翻出朋友圈，发现王总的头像是用他女儿的照片，名称取为"三生有幸"。在个人签注中写着："自有非常奇骨格，愈经霜雪愈精神。"爬山、玩水、吟诗、拍照，所有的生命不能承受之重，都消失在村

口飘起的缕缕青烟中。

看来真正的强大，不是战胜一切，而是能承受一切。

脚步能到达的地方，那是世界；内心能到达的地方，才是境界。

漫步春光村，可见高大的古榕，可见碧绿的茶园，可见在荒草枯枝中绽放的花朵。俯身一看，原来是梅花开了。

新春贺词

　　历史从来不会遗忘创造历史的人，时代从来不会遗忘引领时代的人。日月苍茫，崛谷为峰。无论梦想多么卑微，一滴水，也能激荡万顷波涛；无论前行多么无力，一点光，也能绽放万丈光芒。这是追梦者的姿态，这也是梦想的力量。

　　每年此时，每年此刻，总会保持一种深切回望。隐者，自醒！悟者，自勉！行者，自律！恒者，自强！诚然，面对流逝的岁月，焦虑茫然，愧对过去，有负重托，空有长叹。

　　过去的一年，览遍江河湖海，脚步不断延伸，内心越感不安，深陷本领恐慌。足迹抵达世界，内心抵达境界。每一次长途跋涉，都是一次返璞归真。正如

杨绛先生所言，无论人生上到哪一层台阶，阶下有人在仰望你，阶上亦有人在俯视你。你抬头自卑，低头自得，唯有平视，才能看见真正的自己。

己亥除夕，天色阴沉。落叶为舟踏歌行，薄雾如纱化成雨。成长路上，收获无数信任，你们目光如炬，温软相伴，坚定支持，三十年、二十年、十年……余倍感珍惜，倍感荣耀，永念感怀，这是我最大的财富，这也是我最幸福的梦、永恒的梦。

认清自己，敬畏时间，删繁就简，归于平淡。"我没见过世界，他们没见过小草。"2019渴望成为一片深秋的落叶，落入一片层林尽染中，静观草长莺飞、满园春色。

Yes 和 Yesterday

它站立的时候是Yes，它倒下的时候是Yesterday。

当它站立时，人人追随，为多少野花杂草挡风遮雨，庇佑生长。当它倒下时，只能永远低头，向路人膜拜。一朵朵木耳在它的身躯留下印记，人们只记得木耳的美味，却又有谁能记住是它在提供源源不断的滋养。

　　没有花再向它微笑，即使是落叶也不愿再投入怀抱，唯有枯藤感受到它的孤独，感受到它的绵绵忧伤，于是生死相依，抹去 yes，留下 today。

羊狮慕上致父亲 ▌

迷雾让我不曾感到恐惧，因为我望不到深渊。我站在最高峰，依然仰慕你的容颜，因为我未曾忘记你清晰的模样。峭壁进出的山泉，滋养着深藏的根脉，总会为我留下最后一滴。或许，有一天你终究会离去，漫山的野花，迎着风，为你送行。那些曾经的美好，沿着长满青苔的青石小道，滑向数不尽的流年。

▎蒲公英

　　没有花儿的娇艳，大树遮住了光，从未得到蝴蝶
的亲吻。孤独地挺立，荒野是唯一的依靠。通透的身
躯，坚守着一生的洁白。不会向雨雪低头，天空才是
它的舞台，因为风记住了它的归途。

　　我没见过世界，他们没见过小草。

澳洲之行

2017 年 12 月 16 日晚上 21：30，乘坐厦航 MF807 航班，直飞悉尼。登机后，发现波音 787 客舱座无虚席。

据统计，2017 年中国前往澳大利亚游览人次 137 万。澳大利亚到底有什么样的魅力，让人趋之若鹜？希望，接下去的行程，能寻找到答案。

一夜之间，跨越 8000 公里，从北半球飞到南半球，从冬天飞到夏天。一下飞机便可看到中英文标识的指示牌。机场工作人员看了我们护照后，指引我们通过自助办理通关手续即可，快速便捷，我深切感受到"大国外交"的获得感。

已来澳洲定居的华人阿宝前来接机。出了机场，进入悉尼市中心，沿街可看到各种中文广告牌：中餐馆、

理发店、麻辣烫、油条……无须担心，在悉尼会迷路。

中午，在阿宝的带领下，我们在位于悉尼欧本市区的一家中东烤肉店用餐，烤羊肉鲜嫩可口，没有一点腥味。即使回国了，我还念念不忘烤羊肉的味道。

吃完午餐，我们直接来到悉尼邦迪海滩。邦迪海滩是澳大利亚著名的海滩之一。如果要了解当地人是如何享受生活的话，最好的方法就是到邦迪海滩，这里无论在夏季或冬季，都是悉尼的精华所在。

阳光、沙滩、碧浪，每一个都可以成为你留下来的理由。特别是席坐草坪上，品着当地的冰淇淋，身边围绕一群海鸥，望着远处的海浪，一浪高过一浪，心中期盼，时间能够停住。

随后，我们沿着海岸线，来到霍恩比灯塔。悉尼最东端的霍恩比灯塔，是亲吻第一缕阳光的温暖地标，同时它也是悉尼历史最悠久，高出地面9米的尖塔灯塔，被评为全球27座最美灯塔。

这座1858年修建的灯塔，历经百年沧桑，不知曾经指引多少次归途，又目送多少次离别。

第二天上午，我们来到悉尼鱼市。悉尼鱼市是悉尼乃至澳洲最大集批发、零售与餐饮为一体的鱼市，也是市民们享用和采购海鲜的好去处。

深海大龙虾，整条肥美三文鱼，巨大的皇帝蟹，闪闪发光的对虾，鲜活生蚝……琳琅满目。烧烤，刺身，油炸，清蒸，蒜茸炒……多种独特的烹调手法，惹人垂涎。海鲜美食，应有尽有。一条龙虾2000元人民币，一只螃蟹800元人民币，在鱼市吃的大都是华人。看来，出来旅行一定要有钱！

接着，我们来到悉尼歌剧院，歌剧院是悉尼市地标建筑物，一座贝壳形屋顶下方是结合剧院和厅室的水上综合建筑。歌剧院内部建筑结构则是仿效玛雅文化和阿兹特克神庙。悉尼歌剧院是澳大利亚的地标建筑，也是20世纪最具特色的建筑之一，2007年被评为世界文化遗产。

在悉尼歌剧院对面就是著名的海港大桥，是早期悉尼的代表建筑，它像一道横贯海湾的长虹，巍峨俊秀，气势磅礴，成为悉尼的象征之一。

当天下午，在悉尼主城区，购物是必不可少的一个项目。在不少药店或者便利店，就能买到绵阳被、绵羊油、深海鱼油、雪地靴等，价格要比国内代购便宜不少。直接前往代理商购买，价格更加低廉，一瓶

绵羊油就会比市场上购买便宜人民币 5 元左右。

从海港大桥到歌剧院，从鱼市到海德公园。一路走，一路看。同行的一个人说纽约和悉尼两个城市气质很相似，但悉尼更显悠闲和整洁。的确，路面行驶的车车身都很光亮，街头忙而不乱。皮鞋几天不擦，也不会有灰尘。

我在街头看到一个老外手提着一个布袋，弯腰从地上捡起一张废纸，然后小跑大约 50 米，扔进一个垃圾桶。这时，我抬头仰望 200 多米高的悉尼塔，提醒自己这是悉尼最高建筑，也是南半球的最高处。

第三天，我们驱车来到蓝山。悉尼市的蓝山，曾被英国伊丽莎白女王二世誉为"世界上最美丽的地方"。蓝山的得名源于满山的桉树（当地称尤加利树）。由于桉叶时时散发出浓郁的芬芳，在阳光的折射下，这种芬芳的挥发性蒸气使蓝山笼罩在蓝色的氤氲中，不仅山坡上有一层隐隐的蓝色烟雾，就连天空中也蒸腾着蓝色的瑞霭，蓝山因此而获得了一个跟它的景色一样美丽的名字。

参观蓝山后，到了蓝山附近的弗拉小镇。当天，正好是当地人赶集日，各种手工作品、衣物、书籍，

吸引不少人围观，这也是小镇的一大特色。

当天晚上，我们在一个华人农场就餐。独栋小屋，绿树成荫。在屋外，摆一条长桌，散落一些玫瑰花瓣，点着微微烛光，抬头望去，星空闪烁，捧一杯澳洲红酒，深呼吸，享受那一刻的宁静。

第四天上午，驱车前往海姆斯沙滩，这里有世界最白的沙滩，得到过吉尼斯世界纪录的认证。沙细如银，海水透心的蓝。无须任何美图效果，随手一照即为美景。来海姆斯沙滩，会终生难忘。

来澳大利亚，不得不看袋鼠。袋鼠谷是澳大利亚最美丽的山谷之一，谷内坐落着一座舒适宜人的小村落，还有宁静蜿蜒的河流以及郁郁葱葱的葡萄园和农场。苍翠繁茂的雨林、巍峨的高山、绿意葱葱的葡萄园、宁静蜿蜒的河流和气氛温馨的酒吧，静待游客体验。

傍晚，到达堪培拉。堪培拉是澳大利亚的首都，位于悉尼与墨尔本之间。参观点有战争纪念馆、澳大利亚国会大楼、格伦分湖。澳大利亚战争纪念馆是公认的世界同类博物馆中最出色的。馆内建有3个主大厅。每一个展厅内都陈列着大量战时的兵器、图片、模型等。

第五天我们来到墨尔本大洋路。墨尔本大洋路十二门徒是澳大利亚大洋路的著名地标，号称"世界级景观"。以前都是在电脑屏幕上看到，身临其境，完全是另一番感受。

大洋路被称为"世界上风景最美的海岸公路"。坐落着有千万年历史的石灰石、砂岩和化石经海水风化而逐渐形成的 12 个断壁岩石。矗立在湛蓝的海洋中的独立礁石，形态各异，因为其数量和形态酷似耶稣的十二门徒，因此得名"十二门徒石"。

站在岸边，碧海蓝天、惊涛巨浪，迎着南极圈吹来的季候风，不由感叹大自然妙不可言的神奇力量。

无意间发现，这里无须门票，没有小贩，没有摆摊，没有小卖部，甚至垃圾桶都没有，只有一块指示牌用英文写着"take rubbish home（把垃圾带回家）"。没有任何人工设施，也许最原始的，才是最有生命力的。

第六天在墨尔本市区，我们参观了维多利亚国家美术馆，里面的藏品不仅有澳洲当地的，还有中国的文物，如宋代的建盏。在美术馆，还有莫奈、伦勃朗的画作，细细欣赏，慢慢品味，美术馆会给你带来耳目一新的艺术盛宴。

"人生已经苦短，要喝就喝精华。"来墨尔本，莱贡街的咖啡必须尝尝。墨尔本的咖啡厅会给你家的感觉。

每一家咖啡馆都是独一无二的。无论是那里的人、家居还是美食，都体现着每家咖啡馆的独特韵味。在墨尔本的每一家咖啡馆里，你都能看到成排的手冲滴滤咖啡壶。用精品级别、轻度烘焙做出的手冲咖啡，味道鲜亮活泼，口味独具一格。

第七天开车一个多小时，来到墨尔本的企鹅岛。菲利普企鹅岛的企鹅是小企鹅，它们有一身蓝色的羽毛，在澳洲被称为神仙企鹅，身高只有30—40厘米，体重约1公斤，它们是世界上体型最小的企鹅。小企鹅会在傍晚时分列队登上沙滩返回沙丘洞穴。小企鹅们平常都在海里面觅食，等到晚上比较晚的时候，才上岸进行筑巢、孵蛋、育幼等活动。一般来说，企鹅只在太阳下山后上岸，主要是为了避开天敌。这些天敌，主要是鸟类，到了晚上企鹅觉得安全才会出来。企鹅岛温差较大，得带足衣服，以免着凉。

第八天，驱车从墨尔本返回悉尼。9个小时的车程，路途虽远，但一路满眼葱翠，别致小屋、奶牛、袋鼠，还有一望无垠的绿地，湛蓝的海湾，随手一拍都能成为一张"明信片"。当天晚上，我们在悉尼塔吃自助餐，南半球最高的餐厅，360度旋转，临窗而坐，悉尼夜景尽收眼底。澳洲对虾、袋鼠肉、牛排、精致甜品，美食与美景，我们无不会体会到精致与浪漫。

餐后，在悉尼歌剧院旁，点一杯啤酒，迎着习习凉风，沉浸在远处传来悠扬的乐调中，实感夜太美。

第九天，参观圣玛丽大教堂。在悉尼有许许多多的教堂，不论城市还是郊区，都能看到各种各样的教堂，或宏伟，或高挑，每一座都有自己独特的文化和特点，是一道不能忽略的风景，其中，圣玛丽大教堂是悉尼历史最悠久的一所宗教建筑，前后建成花了将近一百年的时光。

教堂地下墓穴的马洛哥神父地板图案，是以创世纪为主题的，由彩色的碎石镶嵌而成，因手工十分精巧而闻名世界。它不仅是过去的宝贵遗产，也是今天整个城市乃至国家精神和文化生活的重要组成部分。

当地时间晚上八点，天空依然明亮。我们到访位于悉尼市区的林先生家。在他家门口有一棵紫薇，高过屋顶，枝头布满花朵，我忍不住拍照留念。

　　林先生当过中学历史老师，1989年来到澳大利亚。经过多年打拼，生活条件渐渐改善，买了宝马车，买了别墅，把家安在悉尼的"富人区"。如今两个女儿，正在念大学，父母退休后也已定居澳大利亚，一家人在异国他乡得以团聚。

　　在林先生家，我们发现电视正在播出的是中央四套的节目。我们不解，澳洲怎么能收看到国内的节目。林先生说父母俩一直惦念家里，喜欢看国内的节目，于是他特地安装了一个卫星"锅盖"，这样就能收看国内的电视节目，平时也不会无聊。

　　据说，在悉尼，家里有安装卫星"锅盖"的基本都是华人。林先生告诉我们说父母刚散步回来，正准备吃晚饭。我发现，桌上摆了一盘水饺和一包榨菜。

　　正当我们离开时，林先生和他的父亲一起送到门口，挥手告别，久久停留。正好与门口的那棵紫薇形成一线。

　　第十天，结束澳洲行程。从悉尼飞回福州。十天时间里，我们见识到了世界闻名的澳洲经典美景、古镇底蕴、农场小调，品尝到了当地特色美食和世界风味，也深切感受到浓浓的"中国味道""中国情怀""中国力量"。

　　十天时间，或许不能读懂澳洲，但足够留下令人难忘的美好记忆，而这种记忆，或许在一生当中都不可替代。

▎再次离别

元宵节的午后，一人来到老家的古厝前。几天前，这里还人来人往，转眼间变得格外冷清。环顾四周，邻居门大都紧闭，只见屋檐下零散的几个灯笼随风飘摇。

于是，向正在埋头打包废纸箱的邻居询问："感觉一点节气都没有，人都去哪儿了？"邻居长叹一口气接话："几天前，大家就开始陆续去外地，今年阿忠全家也去江西找店面，准备开扁肉店，多赚点钱，回来给儿子找媳妇。"

我又问："红木家具不是做得挺好的吗？"邻居接着答："听说红木越来越不好做，还是开扁肉店赚得多。"

一个又一个背井离乡，我隐隐约约发现，这样的场景竟似曾相识。

上个世纪九十年代，村里近百分七十的村民都到广东炸油条。通过传帮带，一批带动一批，迅速致富，建房、买车，生活条件得到极大的改善。

我深知，所有的一切都来之不易。家里的一砖一瓦都是用沾满油脂的钱累积起来。

我平时回老家，跟邻居们闲聊得知，他们常常每天晚上十点就要开始和面、下锅，直到第二天上午十点，才收摊休息，每天只睡三四个小时，睡眠严重不足，因此，走在路上都想闭上眼睛。

有一个邻居回忆说，有一次骑摩托车给客户送油条，因为睡眠不够，一边开着摩托车，竟无意识地闭上眼睛，结果摩托车撞到绿化带了，自己的手也摔脱臼了。

还有一个邻居说，当时骑着摩托车去送货，因为太困了，行驶途中，摇摇晃晃，与一部小车相刮擦，结果车上下来几位酒气冲天的大汉，一起围攻，拳打脚踢，至今，头部还不时隐隐作痛。

很多人明白，长年累月接触油烟对健康不利，但

苦于生计，只能坚持。

由于青壮年都相继外出，留下年迈的父母，和正在就学的孩子。困顿、劳累、孤寂或许都能克服，然而对家的眷恋始终挥之不去。

每年元宵节后，村里人都会包车，直达广东。记得有一次，临行前，有个小男孩堵在车门，抱着母亲的大腿嘶喊："妈妈不要走，妈妈不要走。"母亲，一边擦拭眼泪，一边把儿子拥入怀中。

其实，每一次的离别总是那么迫不得已，每一次的离别又总是那么难舍难分，然而有些人生路不得不走。

如今，当年嚎啕大哭的小男孩，已成为别人的爸爸，当年的那位母亲也成为奶奶了，只是不知他们俩是否能记住那个离别的夜晚。

到了新世纪初，老家的红木产业突然兴起，据说老家的红木产业是中国红木古典家具的风向标，号称"中国古典红木家具之都"。极具市场敏锐感的村民们开始纷纷丢下广东的油条摊子，涌进红木行业。

在红木家具行情好的年头，村民们都受益不少。农村妇女一天磨光工资也有一百多元，木工工资一天四五百元。一家四口人，一年能有数十万的收入。

白天家具厂上班，晚上躺在摇椅上吹着冷风，倒上一杯啤酒，享受着夏日的冰凉。一棵木头，一个产业改变了一个家庭、一个村庄的命运。

我不懂红木，也从未介入红木，然而对红木行业的所见所闻，一种强烈的危机感竟油然而生。

当时红木行情一天一个价，有个搬运工说，同一棵木头，一天之内他搬了三次，价格一次比一次高。原本是进入百姓家的家居，成为众多投机的对象。

与此同时，不少人心态变得浮躁。有一次，同学带我去参观一家具厂，无意中看到那个厂的家具用的木料很多都腐烂了，触目惊心。据说像这样的家具，经过拼补之后，便能上市，外行很难辨别。诚信经营，在现实利益面前，被抛之云外。

投资少，回报高，更是激起了不少年轻人一夜暴富的冲动。有一位邻居想成立一家公司，找我帮他想个公司的名称，结果他的一番话让我有点意外："成立公司目的是为了贷款，乘行情好，多赚点钱，搞品牌那是很遥远的事。"

短短几年间，顶级豪车遍地开，红木家具成为"土

豪"的代名词。当地的消费也迅速飙升，有一次，我乘坐三轮车，跟车主砍价，车主用一种近乎鄙视的眼神看我："你肯定不是做红木家具的。"

出来混的，总是要还的。埃默·托尔斯说过这样一段话："在选择你为之骄傲的东西时要小心，因为这个世界会千方百计利用它来与你作对。"

不久后，红木行情跌到冰点，众多家具厂停产倒闭，村民们又开始四处谋生。之前做木工的，磨光的，雕刻的，开始外出闯荡，有的重新开始摆油条摊子，有的选择经营扁肉店。

这几年，村的后山修了登山公路，村前的小溪两岸铺设了塑胶栈道，依山傍水，家园越来越干净，设施越来越完善，然而为何村民们却不得不离开一生为之牵系的故土？

毕业季　请上好最后一节课█

　　5月21日，微博传出成都一高校43人的班级，出现了15对情侣，毕业之际在重庆一景区集体举办婚礼，8对还领取了结婚证。这一新闻在随后数天成为全国各大媒体和微博用户关注的焦点，公众的惊讶、祝福、调侃以及对婚姻的讨论，一度将这场特别的婚礼推向了微博热搜榜单。后经调查发现，此系商业炒作。

　　一个毕业班总共43人，男生26个，女生17个。班上共有15对情侣，网友调侃这个班学的是"消灭单身狗"专业。可事实并非如此。为了放大阵势，把班里6对结婚(领证)说成8对，还有两人不是应届毕业生，而是参与配合演戏。

　　为替景区做宣传，组织者费尽心思，一味地追求

创意，博得眼球，弄虚作假，利用同学离别时的依依不舍之情和彼此间的信任。结果，不是为了给同学们留下难忘瞬间，而是为了给某一景区站台。让大家看到的不是一场充满真情和暖意的婚礼，而是一次散发铜臭味的炒作，不仅伤了同学之间的感情，也影响了学校的声誉。

又到了毕业季，学子们即将走出校园，用一场特殊的仪式告别四年大学生涯，留下珍贵的美好记忆，本无可厚非。然而有的学生过于注重档次，讲排场，追求影响。据中国网报道，2016 年 5 月 15 日，北京一高校毕业生就包下五星级酒店吃"散伙饭"，以体现自己毕业的"隆重"氛围。在我看来，虽然他们毕业了，但是他们的思想依然停留在过去。

大学为我们提供了丰富的精神滋养，让我们懂得什么事情该做，什么事情不能做，让我们懂得守底线，明事理，知敬畏。投机取巧，只能是短暂的出彩，不代表永远的光彩。哈佛校长福斯特曾说过这样一段话："大学的本质是对过去和未来负有独一无二的责任——而不是完全或哪怕是主要对当下负责。"毕业是终点，也是起点。上好最后一节课，是对同学负责，也是对自己的未来负责。

　　告别不在于形式，而在于真心，告别不在于隆重，而在于真情。最好的告别，是在心里，有你有我。

▌牵挂是一种幸福

今天下午，我在汽车站乘坐公交车。在候车的时候，上来了一对年轻夫妇，他们找到座位后，跟随他们身后的老母亲没有下车，而是站在车门口，继续嘱咐孩子们要吃饱穿暖。

因为我的座位紧靠车门口，可以观察到老母亲眼里闪着泪花。虽然她面带笑容，但依然可以感受到一位母亲对子女的牵挂和不舍。

过了一会儿，老母亲从口袋里掏出 6 元钱，准备交给售票员。她女儿见状就说："妈，我自己有零钱，你先回去吧。"老母亲接话说："你们的零钱留着下次坐公交。"后来，她的女儿提高嗓门说："我们自己真的有零钱。"

见女儿不悦，老母亲犹豫了下，下车准备回家。我没有去注意年轻夫妇的长相，但从他们携带的行李看，应该是出远门，乘坐公交去转车。

　　当车发动时，老母亲突然跃上车，把6元钱塞给了售票员，对着孩子们强调说："你们的零钱就留着吧，路上注意安全。"在售票员的催促下，她才下了车。车缓缓行驶出车站，从后视镜里依然可以看到她静静站在那里，直到渐渐消失的身影……

　　下午的场景，让我想起了一位邻居，一位已92岁的老奶奶。老奶奶眼睛和耳朵不好使。邻居们和她打招呼，总要靠近说话，以便让她听清楚。

　　老奶奶最高兴的事，就是每一周的星期六和星期天。因为周末到了，她的孙子会回来看她。她的孙子在城里上班，只要有空，孙子会抽空回家探望老奶奶。

　　有几次，她都会很兴奋地告诉我："孙子今天要回来，我看看他快到家没有。"有时候，一个上午，都要往村口跑好几趟。拄着拐杖，一蹭一蹭走着，即使雨天，依然如此，就是为了看看孙子快到家了没有。

　　曾经，我看到她好几次拄着拐杖，静静地站在家门口，眺望远方，或许她什么都看不清，但她一直在等。

那个定格的画面，让我体会到了什么是企盼，什么是牵挂，什么是血浓于水的亲情。

或许有一天，我们也会成长，我们也会长大，我们也会成为别人的父母。但无论如何，我们在何处，事业多耀眼，在父母眼里，我们永远是他们的牵挂，是他们最大的幸福！

"多少人曾爱你青春欢畅的时辰，爱慕你的美丽、假意或真心。只有一个人还爱你虔诚的灵魂，爱你苍老的脸上的皱纹。"当你老了，风吹来你的消息，这就是父母心里的歌！

天堂的颜色

今年 5 月，在朋友的带领下，驱车前往三明市尤溪县洋中镇。在经历一段路途颠簸后，来到了拥有一个美丽名字的村庄——天堂村。天堂村海拔 800 多米，周围群山环绕。抬头望去，天高云淡，屋后满目葱翠，不时地有白鸽在空中翱翔，成群的小鸡在门前的稻田里觅食。张开双臂，深呼吸，沁人心脾。我心中不由地萌生了"此处心安，便是吾乡"的念头。对于长期待在城里的人来说，偶尔来到郊外，深感亲近，无拘无束。有时一个地方最动人的，不在于景色有多美，而是因为它能够让你找回曾经的留恋，仅此而已。

走进村子，在一栋屋子前停下脚步。房子土木结构，外墙已经有些脱落，瓦片上已经结了一层厚厚的青苔，

屋后还有条小水沟,清澈见底。门牌格外醒目,蓝色底板,上面写有"天堂村10号"。朋友们见此纷纷拍照。

这时遇上一位老人家,走上前,想跟他了解这个村的一些情况。不想,老人家听不懂普通话。不过这位老人家却给我留下很深刻的印象。头发稀疏,牙齿也掉落几颗,脚穿人字拖,身子瘦小,但却感强健。大家当时猜他70多岁。后来,村里人介绍说老人家已经90岁了,他的老伴跟他同龄。天堂村不仅环境优美,还是个"长寿村"。一个人口不到600人的村子,90岁以上的有十几位,80岁以上的有数十位。有一户村民,原本住在建瓯,几年前,也举家迁到天堂村。

听说附近还有一处梯田,朋友们陆续前往查看。而我对那两位90高龄的老人家似乎更感"兴趣"。在村民的指引下,我找到了老人家的那位老伴,她静静地坐在石凳上,晒着太阳。我走上前去,站在她面前,望着她。她双目失明,头发斑白,脸上布满皱纹,身旁依着拐杖。我不想打扰老人家,仅仅是为了想看她一眼,所以没有和老人家搭上一句话,便离开了。我心里却羡慕这两位老人。两个人加起来180岁,能够在天堂村坚守一辈子,很浪漫也很难得!就像一首歌词写的那样："我能想到最浪漫的事，就是和你一起慢慢变老……"

从村道到老人家家里，要经过一条田埂，还有几个石阶。临近中午，老人家坐在门前的石凳上，嘴里啃着麻花，看来牙齿还很利索。老人家房子也是土木结构，大门敞开，客厅地板是"土"地板，客厅摆放着一把铁犁，依然光滑，显然老人家还干着农活。厨房是水泥地，屋里打扫得十分干净，物品摆放得整齐有序。饭桌上摆着一碗红烧肉，一碗菜花和一碗甜笋。由于老人家听不懂普通话，我只是用手势跟他说了再见，便离开了。

在村道上，刚好碰到老人家的老伴，从邻居家回来，拄着拐杖。那时心里想，要不要上去帮忙扶一把，她能跨过那条水沟吗？她知道什么时候爬石阶吗？后来又觉得多余，毕竟她在这里生活了一辈子，再熟悉不过这片土地了。走田埂、跨水沟、爬石阶，老伴是那么的熟悉。老伴没有直接回到家里，而是停下脚步，坐在田边的一条石凳上，还自言自语地念叨："今天的阳光真好！"

远望过去，两人处在一线，老人在后，老伴在前，

那么远又那么近……

　　离开天堂村，车里播放着《最浪漫的事》："你说想送我个浪漫的梦想，谢谢我带你找到天堂，哪怕用一辈子才能完成……一路上收藏点点滴滴的欢笑，留到以后坐着摇椅慢慢聊……"

两个老人 ▮

　　五年前，我在福建电视台经济频道。有一天，我值热线班，接到一个老人家打来的电话，他说他女儿偷偷地把他的房产拿去过户。我把情况记录后，心中不由萌生一系列疑问：亲生女儿怎么会抢夺父亲的家产？父亲为何对女儿不满？两代人之间究竟发生什么样的矛盾？我带着疑问与老人家取得联系。

　　老人家姓林，那年83岁，个头瘦小。老林戴着一副眼镜，耳朵并不好使，有时候讲话，都要靠近耳边说，他才能听得到。我跟老林说明来意之后，老林带着我们到他住的地方。老林住在福州连潘新村，房子面积有70多平方米，简易装修，墙壁油漆也有脱落痕迹，家里布置极为简单。老林打开墙上的开关，灯丝一闪

一闪的，还是没亮，"有时候会亮，有时候就不会亮，到时看看找个人帮忙换下，自己老了，爬不上去"。老林的言语明显有点哽咽。他老伴 80 岁了，双眼失明，一个人静静地坐在床头。

老林给我倒了一杯水，杯口上有缺角。借助昏暗的光线，他开始诉说近年来的经历。老林说自己有个女儿也有 50 多岁，也住在附近小区。自从女儿嫁出去后，很少回来看望两个老人家，也没有给过一分生活费。两个老人就靠着每个月政府给的最低生活补助，勉强维持日子。虽然女儿无心，但老人家也从不强求，只是有一件事让二老心灰意冷。

有一次，老林因为前列腺炎住院治疗，他女儿就跑到医院，跟老林说以后会好好照顾他们二老，可以帮他保管房产证。老林躺在病床上，不停回想他女儿以前的种种做法，到底是给还是不给？他愁肠百结。老林觉得女儿为何会在住院期间，态度如此大转变，而后又提出保管房产证的要求，老林一下子接受不了。老林分析说可能是女儿担心他万一过世之后，把房产留给别人。老林口中的"别人"是一名四川女子，姓陈，四十几岁，跟老林同住一个小区。老林说这十年来，都是陈姓女子照顾她们二老，经常帮他们做饭洗衣服，不求回报。二老与她的感情，超过与女儿的感情。虽然陈姓女子对他们亲如父母，但老林觉得女儿毕竟是亲生的，或许以后，女儿的态度真的会转变，于是老林把房产证和身份证都交给女儿了。让老林万万没想到的是，女儿就在老林住院期间，把房产证过户到自己的手上，之后便不见踪影。

老林出院后，曾多次跑到女儿住所讨要说法，但女儿始终没开门。无奈之下，老林才致电我们寻求帮忙。那么他的女儿究竟为何会那样对待自己的父母呢？这个疑问依然没有解开。

在老林的带领下，我们一起到了老林女儿住处。我敲了敲门，一个中年女子开门，老林说这就是他女儿。那女子看到老林站我身后，一句话也没说，便把门重重甩上。之后，尽管反复敲打，大门依然紧闭。"你看看她就是这样。"老林失望地转身就走。

老林女儿关上门的瞬间，父女之间的心灵之门似乎已彻底关闭！

后来，我联系了一家律师事务所。律师事务所几位律师了解情况后，决定免费为老林争回权利。不久后，

法院判决书下来，老林顺利地把房产重新过户到自己手上。第二天，老林特地制作了两面锦旗，一面送给律师事务所，一面送到我们单位。老林眼里饱含泪花。握着那双布满沧桑的手，我为能帮老林做一点实事，深感欣慰，但内心却很沉重，因为在这件事上，没有赢家。

在三明清流也有一位老人跟老林的境遇相似。老人名叫赵达道，70多岁，三明清流县李家乡鲜水村人，膝下无子，丈夫过世，丈夫前妻的儿子也不管她。

有一次，老赵拄着拐杖艰难地向乡政府走去领救济款。由于进乡政府有一段斜坡，老赵爬得很吃力。这时李家乡派出所民警沈在敏看到，就主动上前扶她。接着沈在敏就替她一路办好了手续，并送她回家。沈在敏告诉老人，以后这些事情就由他来办。从此，沈在敏就同老人"攀"上了亲。此事让丈夫前妻的儿子李某知道了，他找到了沈在敏，叫沈在敏不要多管闲事。因为老人家还有一幢房子，李某自己不照顾她，又怕别人照顾她，怕老人家心血来潮把房子赠给别人。先前李某有位堂兄要照顾她，但遭到李某的一阵毒骂，以后便再也没人敢"理"她了。沈在敏听后，就用"民

警"的身份严词厉语:"自己不赡养老人,不尽义务也就算了,不让别人照顾,这是什么道理!难道法律就管不着了吗?"李某满脸通红,在众人面前半晌也说不出一句话,最后悻悻离去。

此后连续 13 年,沈在敏和妻子一起照顾老人,并不时给她送钱、送粮。每年春节,沈在敏都会把老赵背到家里一起过节。为了感谢沈在敏,后来老人用竹草给沈在敏编了把扇子,上面写"百姓警察"。老人临终前,拉着沈在敏妻子的手说:"今生今世无法回报,我入土后会保佑你们平安、幸福的。"

如今 60 岁的沈在敏,依然是个民警,奋斗一线,沈在敏的事迹在三明广为传颂。沈在敏先后被评为省优秀人民警察、全省特级人民警察。

两个老人,在他们最需要的时候,作为子女们却置之不理,幸好有热心人帮助。在他们眼里,回望一生,冷暖自知。其实要孩子做的并不多,"如果交谈中我忽然失忆或不知所云,请给我一点儿时间回想。如果我还是无能为力,请不要紧张,对我而言重要的不是对话,而是能跟你在一起,有你听我说话"。

一条裂缝,一丝阳光,温暖的是整个世界。

一起幸福地变老

　　几天前，受央视一导演委托，前往公园道一号造访了数位老艺术家。60 年前，他们都是艺术学院的同班同学，学的是话剧专业。如今他们当中最小的也已76 岁，最大的现年 80 岁。

　　未见其人，先闻其声。远远便能听到老同学的叫喊声"小皮球"。听到自己的外号，女同学丝毫不觉得别扭。几个人一见面，便紧紧抱在一起，之后有说有笑。同学相聚，少了客套，少了座位排序，直呼其名。

　　他们都满鬓白发，有的还长期服药，然而当同学相聚时，抛弃了所有烦事，尽情享受愉悦时光。门前，小狗正享受着慵懒的阳光。屋外传来阵阵花香。主人一边泡茶一边为我们剥橘子，橘子吃起来真的很甜。

时光已逝，岁月无痕，如今只能从点滴过往去感知他们曾经的温情与眷恋。其中徐老的经历，让我印象格外深刻。

"文化大革命"中，他曾经三次自杀，但都没有成功。第一次，他毫不犹豫地跳入闽江，结果被两个年轻人救了起来。第二次，他从舞台一跃而下，被底下的人用幕布接住。第三次，他在宿舍割颈，鲜血直流，不料正好被班上的一个同学看到，被送去急救。在同学细心、耐心安抚下，从那之后他彻底警醒过来，放弃轻生念头。

谈到这，徐老眼里布满泪花。后来他在通讯录里，同学名字前注上"救命恩人"。

60年来，他们也常常相聚，喝酒、吃肉、麻将一样不少。他们当中有三对是从同学结成夫妻。然而同学聚在一起不是夫妻成对，而是各自找当年的"闺蜜"闲聊。

有一位女同学特别文静，原来她是女主人。在旁的同学说，夫妻俩是同学，她的命是捡回来的。原来，30多年前，她突发脑溢血，正当所有人都放弃时，她的老伴坚持转院试试。老伴说："让她至少看起来像个样子，这样我的心也好受点。"结果奇迹出现了，最后她苏醒了过来。

一辈子，一生情，多少甜言蜜月抵不过曾经的那份坚守与相伴。

那天，老伴为她剥了一个橘子，她接过橘子，满脸笑容。

长相知，不相疑。60年来，他们一起学习，一起成长，一起幸福地变老。

▌一句话 一辈子

　　前不久，我在电视上看到"道德模范"的事迹报道，内心深处受到很大的触动。我想起几天前，一个朋友告诉我有关他兄长的事情。

　　他家有四个兄弟，老大在家经营木材生意，他和老三在省城工作，老四在家打工。老大黝黑瘦小，沉默少语，但为人诚实，和邻居打招呼从来都只是微微一笑。由于当时家里经济困难，老大小学没毕业就开始打工，替家庭分忧，为其他兄弟提供学费。后来兄弟们都相继成家立业，老大自己在村里盖起了新房。我朋友和老三也在省城买了房子，老四一家三口依然和两位老人家在一起。

　　十年前，老父亲病逝，老母亲跟老四一家依然住在祖屋内。由于我朋友和老三工作繁忙，只有逢年过节，回去探望老人家。如今老母亲八十二岁了，老四平时又贪玩，每次喝茶聊天到三更半夜，常常是老母亲一个人独守空屋。

　　前不久，放假期间，我朋友偶然发现老大每晚六点左右，都会回到祖屋，与老母亲促膝长谈。每次都会持续半个小时到一个小时左右，然后离开。直到前几天，老母亲才告诉我朋友这十年来的经历。她说老父亲在去世前把老大叫到床头交代了一番话："我走之后，只剩你老母亲一个人，她晚上怕黑，你有空的时候就过来陪她聊聊。"就因为老父亲的一句话，老大坚持了十年。无论春夏秋冬，无论刮风下雨。老母亲说冬天天气比较冷，老大总是先把被窝暖热了，再离开，有时候没话说的时候，两个人就静静坐在屋子里。老母亲还说有一次老大自己发烧，去村里诊所打点滴，打完点滴到屋子里坐了半个小时才离开。"我嫂子以为我哥每晚只是外出散步乘凉，其实他是在替我们几个兄弟尽孝。"说到这，我朋友眼里打滚的泪花还是掉落了。而我，只有屏住呼吸，从内心敬重这个沉默少语的男人。

前些日子，国家出台法规，子女太长时间不回家探望老人是违法行为。试问如果不是发自内心的坚守而仅仅是当作完成一项义务，这些冰冷的关爱又有何用呢？

记得莫泊桑曾说过这样一句话：我们几乎是在不知不觉中爱着自己的父母，因为这种爱像人活着一样自然。只有到了最后分别的时刻，才能看到这种感情的根扎得多深。

你在闹 我在笑 ▌

　　对于医院，一直以来我有一种莫名的恐惧。每当来到医院，各种场景会不停地在脑中浮现："疼痛、病吟、离去……"相信医院也是绝大多数人最不想去的地方，"可以有任何东西，就是不能有病"。但是，近来我渐渐发现医院也是可以有温情的地方。

　　前年7月，家父因消化道出血，住进一家县级医院接受治疗。在医院，我遇到了一名"中国好医生"。这名急诊科男医生，已经连续值班24小时，由于半夜出诊，又是走山路，来回颠簸了5个小时，彻夜未眠，面容憔悴。不过对待患者，依然耐心诊断，亲自帮患者整理病床，引来病人家属赞许。由于我的家属也是从事医疗行业，平时如果碰到危重病人，也要加班至

凌晨。或许，当一个人的生命与责任画上等号的时候，所有的辛酸都可抛在脑后，毕竟"医者仁心"。

记得有部喜剧叫《七十二家房客》，里面情节丰富，每家都有自己的故事。其实在病房里，也有许多令人难忘的瞬间。在县医院，我父亲所在的病房，有5个床位。相邻的两个病号，至今令我印象深刻。其中有一个老人今年81岁，之前因为胃癌，在福州做了胃切除手术。这次因患胆囊炎入院治疗。他膝下有4个儿子，5个女儿，都已成家立业。3个儿子在外经营加油站生意，1个儿子当中学老师，家境殷实。老人看起来精神饱满，说话铿锵有力。子女们说老人年轻时，是个急性子，又极具威严，孩子们总不缺少挨打，对他是敬而远之，即使在医院老人依然不时地对子女们"指指点点"。

他老伴今年80岁，虽然额头布满皱纹，但感觉神采奕奕。老伴引以为豪的是她的身子骨，到目前，她没有吃过一粒药。逢年过节，一家子团聚，都要办个好几桌，几乎是她一个人张罗，洗个锅碗瓢盆都要花好长时间，不过她喜欢那样的时光。在医院，子女们轮流前来探望。到了晚上，老伴心想孩子们在医院会睡不好，就催促着孩子们回家，自己则留在医院陪护。就这样，二老挤在一张病床上歇息。

有时，二老也会跟我们聊起他们的家事，他们的过去。我们也会不时地一起分享水果、零食，彼此关怀病情的治疗情况。在病房里，放下防御，放下猜忌，不缺少欢声笑语。

有一天，不知因何事，二老发生口角，老人突然提高嗓门："你给我滚回去，不需要你在这。"由于是午饭时间，老伴提着饭盒，边走边念叨："回去就回去。"一会儿，老伴提着饭回来。后来，我老妈规劝了几句，老人起身吃饭。他坐在床头，老伴站着，一口一口喂着。就像一个大人呵护着婴儿一样。那个画面温馨且难忘。每天老伴都会准时打饭给老人，而自己有时会啃着前天留下的馒头。

就这样，老伴守候了五天五夜，从未离开。何谓幸福？我在闹，你在笑，就是幸福！

病房中的另一个老人，今年67岁，因为便秘入院治疗。老人是个石匠，一直在工地上干活，身体依然健硕。入院两天，没有看到家属前来探望。老人说他有2个儿子，他们没有住在一起。孩子们家庭并不富

裕，所以他住院的消息没告诉孩子。"我自己还干得动，不想给孩子增加负担。"后来，病情一好转，老人忙上忙下，一个人去办理出院。都说孩子是父母一辈子的资产和负债。从幼儿成长到成家，虽不常在一起，但是父母对子女的关怀和牵挂始终从未缺席。

几天前，家父来到福州总院进行检查。隔壁床的一个阿姨因为胃出血住院治疗。陪护她的是她的弟弟。原来她只有一个女儿，还在家照看一岁多的儿子，所以没有来医院陪护。她弟弟从龙岩漳平请假过来。"我姐对我来说既是姐姐又是妈妈。"原来她的母亲早逝，所以姐姐就把弟弟一手培养长大。住院4天，弟弟每天倒水、打饭，搀扶，一直守候。

当我们准备出院时，走到走廊，遇到同在一个病房的老阿姨，她笑脸迎上，双手合十："还来得及送你们，祝你们平安！""也祝你们平安！"我们彼此祝福着。

爱情、亲情、友情，在一个狭小的病房，汇聚一股暖流，注入肌体，去除病根。人间最纯的真爱，让原本冰冷的病房，充满暖意！

一只破手套 ▌

　　黄阿伯今年 82 岁，独自一人居住在村里的老宅。老宅为木质结构，墙壁已爬满青苔，灶台上的锅盖已经变形，并不能贴合地盖着锅，总是漏气，水缸里的水瓢也已长出一层垢。虽然子女们想接他到城里生活，但都被黄阿伯拒绝了。

　　有一天，老宅意外着火，邻居发现后，黄阿伯在邻居搀扶下迅速撤离。可是，没走几步，他突然撇开邻居，迅速转身，急忙往屋里冲。浓烟滚滚，火势越来越大，邻居不敢靠近老宅。不一会儿，黄阿伯逃了出来，手里揣着一只破了几个洞的黑色手套。就在黄阿伯跑出来的瞬间，整栋房子塌了下来。邻居不解："你这么拼命干嘛，这么危险。"黄阿伯不言，用手

轻轻弹着手套上的尘灰，因为在他看来可以没有家，
但不能没有思念。

　　60年前的一个冬天，下着雪，黄阿伯和他老伴第
一次相识。那时因家境贫寒，都没有一套像样的衣服。
天气寒冷，衣着单薄，他双手交互搓着。那时老伴担
心他受凉，就脱下一只手套，递给了他，一人一只。
虽然只戴着一只手套，但是温暖了他整个冬天。就这
样因一只手套，把他们两个维系在一起。

　　结婚后，两人过着平平淡淡的日子。后来黄阿伯
弟弟渐渐长大，也要娶妻生子。然而狭小房间容不
下更多的人，原本就偏袒弟弟的父亲经常对着
黄阿伯撂狠话，想把他赶出家门。有一次，
黄阿伯忍无可忍，拉着媳妇的手，跑
出家门。那一晚，他们无家可归，
就依偎在村里的一棵大树下。
寒风萧瑟，两人一人戴着
一只手套，彼此取暖。
　　第二天，赌气
归赌气，为了不
让老人家挂念，

在媳妇的劝说下，他们一起回到家里，日子总算平息下来。此后，耕田，砍柴，破石，黄阿伯都戴着那只手套。手套渐渐磨破，四个手指头都能伸出来。于是黄阿伯把手套珍藏起来，所藏之处，只有他一个人知道。

十年前，老伴不幸离世，他不时地从枕头下取出手套，看一看，然后紧紧地抱在怀里。

他从未离开这个村子，从未离开这栋老宅，也从未离开这只手套。因为在黄阿伯眼里，这只破手套已成为他的全部。

茫茫人海，细细追寻，我们总会面临各种选择，为名利，为事业，为未来，然而直到面临生与死的抉择，才懂得自己真正需要的是什么，也许只是为了一只手套，仅此而已。

你冷不冷

　　我一直想写一个人，从我见到他的那一刻开始。看似平凡的，却深深打动了我的心。

　　与他见面，当是 2011 年深秋。我记得，我永远记得，那天，细雨蒙蒙。由于采访，他带着我去他的老家——永泰县梧桐镇盘洋村。那是一个不大不小的村庄，村口小溪静静流淌，山间云雾缭绕，给人以神秘感。他的老家是一座与村庄许多老宅相似的土木房子，但因为宅里出了一个他。也因为天井中那棵大树般的仙人掌，他的家在那个村庄而小有名气。我也是慕名而来的，是因为看了一本书，一本专写农事的散文集《日落日出》。他是这本书的作者。

　　见我穿短袖，他细声问："你冷不冷？"我说："不冷。"其实我早已感到了寒意。

出了村庄，来到镇上，有人拿了一件包装完好的衬衫给我。"这是他电话交代买的，给你。"我穿在身上，正好合身，倍感温暖！如今，我依然把它放在衣橱里，时刻提醒自己也要关心他人，温暖别人。

在这两年的时间里，我与他不时地通过电话、短信进行联系，但有几次，他在医院陪护病人。我询问，他都说没事。直到不久前，才从朋友处得知，2012 年，他的岳母重病期间，他常在福建省立医院陪护。没错，是岳母，不是母亲。看过他悼念岳母的长篇散文《莲花朵朵开》的人，无不唏嘘，无不落泪。

他的母亲，患帕金森病多年，经常出现眩晕、嗜睡、手震颤、走路不稳、手脚麻痹等症状。从 2011 年 7 月开始，他母亲作息几乎完全颠倒，白天睡觉，深夜醒来。现在是他和他的几个兄弟轮流照顾他的母亲。有时一个晚上要醒来 8 次，喂他老母亲吃饭，扶她去上洗手间。

到了早上六点，他换上衣服，准备去上班。这时老母亲把他叫到床头："儿子，我害得你一夜都没睡。我这个快死的人没关系，你还要上班呐。"他说："你

不是也没睡？不用担心我，我会坚持的。"他母亲接着说："你过来，手让我摸摸吧。"他走到他母亲面前，俯下身，伸出右手。母亲枯瘦的左手轻轻握着他的四指，她同样枯瘦的右手在他的手背上来回颤动着……

　　他潸然泪下。

　　我在他的散文《母亲的仰望》中获悉，他的母亲拄着拐杖边走边朝他的住处仰望，尽量靠着路边，让着所有的行人和车辆，小心翼翼地走着。他看到后，极其不放心，连忙穿上外衣，带上刚刚剥了皮的橘子，飞奔下楼。看到他下来，他母亲双手交叉着压在拐杖上，叹息到："哎，人老了，没用，走一小段路，都累啊。"他说，娭毑，你对我来说，比什么都重要，怎么能说没用呢？他一边搀扶着母亲缓缓走过大桥，一边给母亲吃一瓣又一瓣的橘子。他母亲说，橘子甜，好吃。继续问：还有吗？他答，有，还有许多。他母亲又笑了。

　　他和他的妻子也经常做一些老人家喜欢吃的东西，亲自做馒头、春卷、扁肉等。有一次，电视上播放脐橙的画面，老母亲看到了说想吃。说能不能买一些，他说："我答应了她，我们像小孩一样，拉了钩。她忍不住笑了。我说，您若能配合锻炼，我给您带100个脐橙来。她又笑了。"

然而，子女在父母眼里永远是长不大的孩子，父母就像一棵大树呵护他们的成长。有一次，他去看望母亲，回来之后，妻子对他说："你刚才扶你娘走，她一直讲不能走，而你一离开，她就起身要走，我给她扶，她走得好好的，一句也没讲不能。我问她为什么，她讲你肩膀痛，不能用力，只好讲自己没法走。"听完之后，他眼里布满泪花。

几年来，老母亲习惯了他的陪护。即时他出差在外，也不时打电话回来，关心老母亲日常饮食起居。老母亲每当见到他的时候，心情就会好转。而且他用心记录陪护过程的点点滴滴，陪护日记已有20多万字。他说，君子不示人以朴。我有幸拜读了他的私人日记，其中写病痛、写孝道，写人情、写世故，写人生、写社会，写过去、写现在，着眼于亲情，却又超越亲情，这正如他的《日落日出》写农事，旨意深远，感人肺腑。我期待它的面世。

对于生活和处世之道，他觉得父母是他最好的老师。他告诉我，参加工作的那一天，父亲在车站塞给

他我一包东西，原以为是鸡蛋，到了单位，打开一看，居然是几个番薯。他打电话回去问个究竟。父亲告诉他，给你番薯，是想告诉你，不要忘本，你是农村出来的，吃苦出来的，要记住农村，关心农村。

看到这里，也许你想知道他是谁，那么，我就告诉你吧，永泰县的一名公务员，名叫陈家恬。

眼下，正值隆冬，我也想问你，冷不冷？那么，你呢？遇见衣裳单薄的人，是否也会问一句，你冷不冷？如果都这样，春天不就来了吗？

煮茶老人 ▌

　　在我老家村子里有座桥，桥头有个敬老院，名为敬老院，其实更像是个亭子，村里人都叫它"桥头亭"。桥头亭几乎是村里最繁华的地方，每天来来往往的人都会在此驻足歇息，村里的老人们也会自发组织在那打牌休闲。在村子里只要提起桥头亭，便会想起一个老人，一个和蔼而富有人情味的老人。

　　老人有三个儿子，两个女儿，他的子女也都是爷爷奶奶辈了，可谓家族庞大。子女事业有成，不愁吃不愁穿，在本村也堪称"首富"。按理说老人可以颐养天年，但是当他老伴去世后，他却一个人搬到桥头亭去住，那年他75岁。自从那以后，每个夏天老人都会干着同样一件事，就是把凉茶烧好了，放在门口，

免费提供给路人喝。他还制了两把竹舀子，以便大家饮用。用来煮茶的原料其实是长在山上的一种草，每当这种草用完了，他便孤身一人上山继续采摘，无论刮风下雨，一直坚持着。

那时候我还在读初中，每次放学回家，酷日当头，饥渴难耐，就像迷走在沙漠里渴望一眼清泉一样冲上敬老院，就是为了狠狠地灌上一口凉茶，竹舀的清新，凉茶的恬淡，犹如山林竹韵，沁人心脾。有时候在喝茶的时候，老人会出来轻拉我的手，询问我最近成绩

如何，家里情况怎样等。有一次，在村里他大老远地向我招手，见面依然是奉劝我要好好读书，就像一个邻居伯伯一样关心着晚辈的成长。

每当农忙时节，这里更是热闹，由于桥的另一端就是稻田，因此在田里干活的村民，口渴的时候也都会来敬老院喝口水，然后用瓶子装上满瓶子的凉茶再回到田里，继续干着农活。由于敬老院通风效果好，村里的老人们也喜欢在炎炎夏日来到这里乘凉，一把芭蕉扇，一杯凉茶，望着金黄的稻谷，享受丰收的喜悦。

一年又一年，村容村貌发生了巨大变化，稻田也新建了厂房，而老人依然守候着每个夏天。

后来，老人身体状况有所下降，在家人劝说下，他搬回家里，但他每天都会到桥头亭坐一坐，看一看。

不久前，老人不幸离世，享年92岁，他离开了与之相伴20年的桥头亭。去世那天，全村村民自发前去送行，给予他最高的祭奠。

如今我已在外工作多年，但是每当夏天，都会想起桥头亭的那个老人，想起那桶凉茶，回味无穷……

▋当"芙蓉"恋上"紫薇"

　　她是个"御医"，却曾为患者跪地祈愿。她亲历成千上万台手术，直到有一天，她也躺在了手术台上。"当我睁开眼时，觉得老天依然眷顾我，也说明我的使命还没完成。"于是，她选择了一直在路上，宽和、静雅、慈爱，治愈了无数个患者，也治愈了他们对未来的信心。她，人如其名，北京大学第三医院耳鼻喉科主任马芙蓉。因工作关系，多次与马芙蓉主任同行。每一次相聚都铭记于心，每一次相聚都难以惜别。

　　2016 年深秋，马芙蓉不远千里，专程来到南平市政和县为两名贫困聋儿进行会诊。在政和县医院的走廊上，古焕英亲吻着紧抱在怀中的儿子小岚闽的脸颊，小岚闽随即亲吻妈妈的额头，之后母子俩久久凝视，眼里布满泪花。彼此无言，却是最深情的表达，是激动，是惊喜，或许也是期盼。

小岚闽今年5岁，政和县铁山镇张屯村人。因为先天失聪，他一直处在一个无声的世界里。一家8口人，仅靠父亲打工为生，年均人收入3500元左右。眼看小岚闽一天天长大，父母的忧虑也在一天天增加。"有时候其他小朋友会嘲笑他是个聋子，作为父母很不忍心看他这样，但我们真的掏不出钱为他治疗。"古焕英一边望着天真可爱的小岚闽，一边无奈地说。

小岚闽是不幸的，然而他又是幸运的。经过检查，马芙蓉主任决定，把小岚闽带到北京，免费为他进行人工耳蜗植入手术。

与小岚闽同样幸运的是来自铁山镇的叶思琪。叶思琪3岁后，听力突然急剧下降，后来就听不见了。

叶思琪有双水灵的大眼睛，长得也很清秀，就读于铁山中心小学一年级。2015年父亲因意外去世，生活靠哥哥打零工维持，根本无力治疗。经过病史采集、内镜检查后，马主任也将带叶思琪到北京治疗。

在医院，小岚闽和叶思琪原本陌生的两个人，便很快融入在一起，在一边嬉闹。他们听不到外面的世

界，却欢快地活在自己的世界里。

在马芙蓉看来，做医生一辈子就是在做"菩萨"，做善事。始终要有慈悲情怀和一颗善良的心。其实，作为中组部保健专家的马芙蓉早就与福建结缘。2015年，马芙蓉主任在福建疗养期间偶然得知武夷山的小钟的病情后，便决定将孩子带到北京进行手术治疗。经过治疗，小钟言语恢复效果较好。

如今，马芙蓉再次来到南平，小岚闽和叶思琪的命运，或许从此改变。

在南平的三天时间里，马芙蓉主任不时地用衣帽裹着头部，原来她自己也才刚刚动过脑部肿瘤手术。"我之前都是帮别人做手术，当我自己被推进手术时，也不知道能否顺利出来，可当我睁开眼时，我觉得老天还是眷顾我的，也说明我的使命还没完成。"点塔七层，不如暗灯一处。马芙蓉总是践行着她的善思善念。马主任曾经接收过一个念体育专业的大学生，由于他重感染，生命垂危。在即将进入手术室时，马主任跪地祈愿。经过十几个小时的紧张手术，最终得以抢救过来。后来，小伙子发信息致谢，称马主任是他的再生父母。

在即将离开南平时，来自武夷山小钟的亲戚陆绪琴特地赶到机场为马主任送行，一见面两人便紧紧拥抱在一起，陆绪琴激动地对马主任说："你就是我们的天使。"马芙蓉主任动情地回答："我都有点舍不得南平了。"

在政和县石圳湾，有一棵千年紫薇，每年花开时，都会吸引许多游客前来观赏，拍照留念，把那份美好留在记忆深处。千百年来，人们永远都不会忘记紫薇花开时的那抹亮色。

▋他心里永远装着都是别人

2015 年 9 月 3 日，93 岁的抗战老兵杨良奕胸前挂着 "中国人民抗日战争胜利 70 周年纪念章"，面向电视机，敬了一个标准的军礼。老人两眼布满泪花。此时此刻，或许只有老人自己才能深刻体会到生命的意义、和平的意义和国家的意义。

杨良奕 16 岁参军，从此开启了一生的革命战斗生涯。先后经历过巨野战役、太原会战、抗美援朝、建设北大荒等，与朱德、彭德怀、邓小平、刘伯承、徐向前等老一辈革命家，都有过交往。曾当任徐向前的警卫，抬着徐向前往枪炮声最密集的阵地冲。单身匹马勇斗国民党军官。被美军飞机炸伤两次，脑部、手臂依然残留炮弹残片，以致到医院就医不能做 CT 检查。

2016年5月9日，我来到杨良奕在青岛的家。大女儿杨美荼说，父亲最近因为肺部有问题，咳嗽很厉害，听闻老家人要来探望他，兴奋了好几天，精神状态也出奇得好。特别是我来的那天，根据以往习惯，他都会去午睡。然而那天他一个人在房间，静静等了一天。当我来到房间落座后，他跟我说的第一句话就提到他的侄儿杨清财。因为现在老家几个兄弟都衣食无忧，唯独弟弟杨良慰唯一的儿子杨清财比较拮据。他这些年一直为杨清财担忧。身在千里，心系家乡一草一木。万水千山，隔不断血肉亲情。老人眼睛渐渐湿润，他身上一道道的伤疤，脸上布满深深的皱纹，犹如岁月刀刻，我深切感受到一个老无产革命家的深切情怀，胜过千言万语。

　　16岁离乡，如今94岁高龄，在外工作生活近80年。然而他始终喜欢故乡的味道。最爱吃大米饭，最爱听来自福建的广播。"莆田系医院""泰宁滑坡"等热点新闻，一个不落。平时也喜欢找到在当地修手表、卖茶叶的福建老乡，"唠嗑"几句。后来，他把我叫到他的卧室。让我看一件"宝贝"。原来在杨良奕90大寿时，老家侄儿一起送给他的一幅寿屏。当时孩子

们觉得要在墙上钉钉子，所以建议不要挂上去。当时老人家坚持要把它挂起来。后来寿屏轴承脱落，他亲自一针一线再缝补起来。由于耳朵不好使，他看电视都把声音开得很大，但在我们相处的几天里，为了不影响我，他刻意调低音量。他平时看电视只喜欢重复看《地雷战》和地道战等战争题材。

有空时，他就拿起相册，看看他年轻时候的自己和家人。触摸泛黄的老照片，仿佛一切都回到最初的起点。

此前，常常听闻村里人讲述杨良奕的传奇经历，我深深地被震撼，被感染，敬佩之情油然而生。感觉那么远又那么近。虽然同属宗亲，但我们也从未谋面。本着对英雄的崇敬，对亲人的惦念，我只身前往青岛。老人已记不清家乡的模样，但是对乡亲名字却能一一道来。只可惜岁月不饶人，与他同一辈的宗亲，都相继离去。他无奈地感叹："如果再迟两年，你也见不到我了。"两只发颤的手不停地用力交互搓着。

因持续两个月咳嗽，脑部有炸弹残片，无法做CT检查，所以不能进一步确诊。医生建议回家疗养。当地政府配备一名专业护理人员，上门照看。但遭老人拒绝。因为他心里觉得,这是给政府增加负担,有子女照料就行。与老人同住的这几天,我明显感受到老人是一个极其讲究纪律的人。早上七点准时收听中央电视台新闻广播,中午十一点准点吃午饭,到晚上五点吃晚饭,几乎精确到分。这个习惯从未改变,一如保持军人作风。那天出门,他担心我人生地不熟,找不到回来的路,他就一个人站在门口。门开着,静静地等候我回来。

我反复思索一个问题,他为何身经百战,都能转危为安,是命运注定?或许不是,而是因为他的心里永远装的都是别人。

▌人生似春梦

　　最近在替一位老兵整理书稿，准确地说是他的"遗书"。他叫郑和铿，给自己取了个笔名"华沙"，意为中华大地的一粒沙子。自感现在很少能有一本书，让我为之所动。但看到他所追记的《余之三十二年》，字字饱含深情，篇篇留下怀想。我心腹难平，潜然泪下，仿佛他的清晰模样就在眼前。

　　他 1927 年出生于长乐，家徒四壁。为谋生，幼小扛木头，不慎滑倒，被百斤重木头压碎中指。由于没有医治，只用土药"老鼠灰"涂抹，疼痛难耐，所以几个晚上都没有睡好。伤痛像万把针在刺，他母亲也朝夕在旁陪着他流泪。伤口直到碎骨吸净，才渐渐好转。为了要生活下去，在未痊愈前，忍着隐痛，上山砍柴糊口，直到两年后，才完全康复。

日军侵华，他被强抓去挖战壕。鬼子冰冷的刺刀顶到他的后背。如果不是因为穿了一件破棉袄，十几岁的他也早已毙命。

父亲早逝，母亲孤独撑起了整个家庭。为了果腹，父母希望他入伍，换取一餐饱饭。结果因为营养不良，又黄又瘦，手指受伤不齐，影响枪械操作，体检不合格，他被拒之门外。他跑到马江旁，仰天长叹，或许天命难违，决心一跳，终结自己。但心仍有不甘，他抱着一丝希望，重新回到报名处，如无力回天，再跳不迟。凭着早年私塾的积累，通过笔试，让他抢到幸运的船票，被招录到南京海军电讯学校。那时，海军闽、桂派系争权夺利，600多人到最后，顺利完成学业的只有60人。而他是幸运者，成了六十分之一。一个好嗓子，写一手好字，让他重新开始认识了自己。天无绝人之路。后来被打成右派。归来的途中，面对列车的玻璃窗，他吹起了口琴。同车的一个杭州少女，兴起合奏，唱起了《故乡的寒夜曲》。两人彼此陌生，没有说过一句话，用歌声表达彼此的惦念，彼此的不舍。他说她不应该出现他的人生旅程中。有些人相见也意味着

诀别。

归乡平反后，他在一农村任教。他埋头学习，不辞辛劳，诚心育人。上级准备给他调整岗位时，全村村民签名希望他留任。教育主管部门只好撤回任命书，尊重民意。然而，时隔一年，新的任命状再次下达。绵延十公里的村道，村民们含泪前来送行，送一个百姓教师，送一个在他们心中的"好哥哥""好弟弟""好叔叔""好老师"……

他说："我生长在这世界上，已经32年了，在这短暂的岁月过程中，我的生命始终笼罩着无情的恐怖色彩，遭受着致命困境的摧残，在我内心深处，好像饱食人生的酸甜苦辣。生活的逼迫，经济的艰窘，事业的打击，一齐如百刃交加，对着我的生命猛刺，不是我有一份坚强不移的意志，也许早就被死神吞没，因为我曾几次等待过死神的招引。"

后来，他娶了个踏实本分的妻子。生了三个儿子，三个女儿。清茶，写字，阅读，他平静而安详地度过余生。2016年，他离开了人世，享年90岁。

曾经多次与死神为伴，曾经在枪林弹雨中穿行，一次次逃亡，一次次顽强地爬起，艰难地活了过来。

我问他的儿子说你父亲有没有什么长寿秘诀，他答："如果有，那就是我的父亲始终抱有一颗平常心。"

　　在《余之三十二年》的开头，郑和铿写上："人生似春梦，人生是戏曲。"

▊你幸福了吗

　　去年我参加一个慰问空巢老人的公益活动。我们一行前往三明尤溪的一个山村，给村里的老人送来了水果和慰问金。

　　我来到黄奶奶家里，她今年93岁，她的家在村里的最高处。没有路直达，沿途要爬几个山坡。黄奶奶看起来依然健朗，爬楼梯矫健灵敏。在一片漆黑中能迅速找到锁孔，顺利打开房门。不用借助老花镜，也能看清手表秒针走向。我和黄奶奶紧挨着坐在一条长凳上，聊着村里的故事和她的生活。

　　她有四个儿子，都在外面创业，之前也跟随儿子在镇上住过一段时间，但她还是更习惯待在老宅，习惯了这里的山，这里的水，这里的一草一木，所以没多久她就搬回村里。

黄奶奶说在几年前，她还经常追古装电视连续剧到凌晨，对《雍正王朝》《康熙微服私访记》里的情节依然记忆犹新。不过现在电视剧内容看不懂，也很少看电视了。在闲聊中，她不时地望着手腕上的银镯，这是她80大寿时，三媳妇送给她的礼物，对儿媳的孝心赞不绝口。只是孩子们平时也是逢年过节才回来相聚，所以一年彼此也见不了几次面，但她能理解孩子在外拼搏的艰辛。

她兴奋地告诉我说村里好久没来这么多人，她也好久没有说这么多话，一边紧抓我的手，夸我们年轻真好。残墙已爬满青苔，一只说不出名字的鸟儿，立在枯枝上，探头探脑，左右张望，似乎在寻找，在寻找它的下一站应该飞向何方。天渐渐暗下，其实我真的还想再多留一会儿，因为我渐渐喜欢这里的空气，还有黄奶奶给我讲的故事。初次谋面却未感生疏。作别之际，她与我挥挥手，眼里布满泪花，我回头望去，只见黄奶奶一人孤单地坐在长凳上，倚靠门柱，陪伴她的只有她身后的老屋和阵阵蝉鸣。

走在村道上，一个个疑问不断涌现脑际。为何老

人一辈子不愿离开这个村庄，为何离开了，总期盼归乡。或许这里有他们割舍不断的眷恋，或许这里有他们一辈子成长的记忆，或许这里有触动他们心底的情怀，无法替代，亦或许根本就没有答案。

从前的时光很慢，一生只够爱一个人，如今动车一次又一次提速，我们与家的距离却越来越远。林语堂说人生幸福，无非四件事：一是睡在自家床上；二是吃父母做的饭菜；三是听爱人讲情话；四是跟孩子做游戏。幸福看似简单，但是又有多少人拥有幸福？

她埋葬了一生的思念

今年7月，我从兰州转机，在甘肃的上空，俯瞰连绵不绝的山峰，黄土高原。我不由地联想起，当年红军是如何跨过这片贫瘠的土地，最终实现胜利会师？飞机穿过云团，而我心中的疑问依然没有解开。

几天前，我和"重走长征路"的队员们一起来到长汀县南山镇中复村，这里是红军长征的起点。一处处遗迹，一个个故事，仿佛重现那段可歌可泣的烽火岁月，让人不禁感叹长征的伟大，信仰的力量。

在中复村，有一个叫赖二妹的人，每当提起，无不令人潸然泪下。

1934年，赖二妹结婚第二天，丈夫钟奋然便报名参加了红军，从此杳无音信。而作为新婚的妻子，赖

二妹一直坐在自家的门槛上等。

孩子一天天长大，问她爸爸去哪里了。赖二妹只能安慰孩子说爸爸在回来的路上。

赖二妹一等就是 30 年，可是一直未能等到丈夫归来。解放后，当年参加红军的同村村民回来告诉赖二妹："钟奋然已经回不来了，你不要再等了。"然而赖二妹很固执，根本就不愿意相信，直到 1963 年收到了钟奋然的烈士证书，终于相信钟奋然已牺牲。

自从丈夫当红军后，赖二妹一直按客家媳妇的风俗习惯，每年为丈夫做一双鞋子和一身衣服，等到 1963 年，她不知不觉已经做了近 30 双鞋子和 30 身衣服。为此，她含泪在距家 50 米的地方，为丈夫修了一座衣

冠冢，里面埋着的是她每年亲手为丈夫做的鞋子和衣服，也埋藏着妻子对丈夫的无尽思念。

每年的中秋、清明，赖二妹都会带着孩子跪在钟奋然的坟前说："然哥，你走了那么多年，现在，我已经把你的儿子养大了。"

在中复村，在长汀，感人事迹还有很多。面对粮草短缺、装备落后、兵员不足的局面，为何红军还是能顺利突围呢？随行的一个队员说，或许靠的是人心！

在当年的"战地医院"前的小池塘里，红鲤鱼游来游去，屋脊上的"福"字异常鲜艳，在墙边，有一群小鸡紧跟着母鸡，不停地低头觅食。一位小朋友问："妈妈，小鸡为何一直跟着母鸡跑。"妈妈接话："因为小鸡只有跟上了，才不会迷失。"

板车爱情

近日，有媒体报道了这样的故事：福建省仙游县大济镇西南村村民 84 岁的吴元瑞，十年来用一辆简陋的板车，拉着 81 岁的老伴李美英，四处求医问药，谱写了情深似海的"板车爱情"。

有一种爱情，无须用言语表达，而是用脚步丈量。有一种珍惜，不能用金钱替代，而是用时间证明。一对耄耋老人的恩爱深情，让我们深切感受到了不抛弃、不放弃的热血担当，感受到了相濡以沫的人本情怀，为我们树立了榜样，传递了正能量。

"板车爱情"彰显的是一份坚持和可歌可泣的真情。然而也折射出基层公共服务体系的不足，特别是偏远山村，显得更为薄弱。同时，我们也注意到，假如吴元瑞的孩子们，能常回家看看，能够帮忙推一把，或许二老会过得更幸福一点。

中国已经成为世界上老年人口最多的国家之一，也是人口老龄化发展速度最快的国家之一。据联合国统计，到本世纪中期，中国将有近5亿人口超过60岁，而这个数字将超过美国人口总数。

当前很多在外打拼的游子，常常由于工作繁忙，抽不出时间回家看望老人。父母成为"空巢老人"，生病求医，只能自行解决。人们习惯选择用金钱代替行孝，用节日礼物表达爱意，很多人都未能懂得自己父母真正所需要的东西。其实，父母真正想要的是一份念想、一份感恩和一份陪伴。

▌后　记

　　以前常常对孩子们说，也许以后我留给他们最大的资产是《麦子的味道》，没想到今天《水磨秋色》会呈现在自己的眼前。自以为来之不易，是惊喜，是念想，也是感恩。

　　无论是《麦子的味道》还是《水磨秋色》，书名都是为我自己而写。《麦子的味道》时刻警醒自己："成熟的麦子要懂得弯腰。"

　　在老家后山，有个山涧叫"水磨坑"，是村里自来水的源头。湛蓝的天空下，云卷云舒，珠帘飞瀑，山泉流声，青松石旁，翠竹依依，彩蝶与鱼儿共舞，青藤与老树相恋，一片树叶，染红了整个秋天。"水""磨""坑"，感叹先民的深邃，也感谢这一泓碧水。立志如山，行道如水，时刻铭记与人分享丰收的喜悦。

在农村，"水磨"伴随着所有人的成长。许多特色小吃，都是通过"水磨"加工，麦煎、白粿、红团……从硬变软，由粗到细，不断研磨，成为各种美味，饱含着浓浓的亲情、乡情和爱情。或许，这就是我心中的《水磨秋色》。

家父是一个不善言辞的地道农民，都说优秀到没有朋友，他是老实到一个朋友都没有，然而深得乡邻敬重。因为他始终心存善念，拥有一颗公正的心，这也许是他给我带来的最大力量。成长路上我也经历过坎坷、困惑和迷惘，但总会不期而遇各种信任与关爱，5 年、10 年、20 年……所有的陪伴与期待，让我坚定前行，幸福满满，感动满满。

创作的过程，对我来说始终是一个学习与感恩的过程。对于每一滴关怀的雨露，都念兹在兹。借此衷心感谢中共福建省委原常委、秘书长叶双瑜的精心指导，感谢"中国硬笔书法第一人"庞中华题写扉页书名，感谢澳门大学中文系主任、博士生导师朱寿桐教授赐序。拙作得以顺利出版，也感谢陈家恬、苏朝强、韦

晓东热力相助；感谢何世洪、杨国地、李群生、杨明洪、杨清洪、杨志献、卢国荣、黄新群、郑最杰、杨秋林的鼎力支持。